BASTEI
LÜBBE

SANDRA BROWN
im BASTEI-LÜBBE-Taschenbuchprogramm:

18 107 Verführte Herzen
18 109 Verlorene Hoffnungen
18 111 Ungezähmte Träume
18 118 Träume einer Nacht
18 120 Diese unendliche Zärtlichkeit
18 121 Die Frau, die es zweimal gab
18 122 Seinen Ex-Mann küßt man nicht
18 125 Manche mögens immer wieder
18 128 Kleine süße ›graue Maus‹
18 131 Eine heiß-kalte Liebe
18 133 Bittersüße Zärtlichkeit
18 135 Das Abenteuer, die eigene Frau zu verführen
18 140 Der zweite Mann
18 145 Die Überraschungsfrau
18 149 Der Verführer
18 153 So gefährlich attraktiv

# SANDRA BROWN

# TRÄUME EINER NACHT

Roman

Ins Deutsche übertragen
von Britta Berg

BASTEI
LÜBBE

BASTEI-LÜBBE-TASCHENBUCH
Band 18 118

Erste Auflage:
November 1993
Zweite Auflage:
November 1995


Published by arrangement
with Bantam Books, a division
of Bantam Doubleday Dell
Publishing Group, Inc.
Dieser Roman stammt aus der
amerikanischen Taschenbuchreihe
›Loveswept‹
›Loveswept‹ and the wave device
are trademarks
of Bantam Books, Inc.

Deutsche Lizenzausgabe
1984/1993 by Bastei-Verlag
Gustav H. Lübbe GmbH & Co.,
Bergisch Gladbach
Originaltitel: Breakfast in Bed
Umschlaggestaltung:
Quadro Grafik, Bensberg
Satz: KCS GmbH,
Buchholz/Hamburg
Druck und Verarbeitung:
Brodard & Taupin, La Flèche,
Frankreich
Printed in France

ISBN 3-404-18118-2

Der Preis dieses Bandes
versteht sich einschließlich der
gesetzlichen Mehrwertsteuer.

# 1

Ein Blick auf ihn genügte, und sie wußte, daß es ein Fehler gewesen war, Alicias Bitte zu entsprechen.

Da stand er auf der Veranda von Fairchild House, seinen Koffer in der einen, seine Reiseschreibmaschine in der anderen Hand, und wirkte ziemlich betreten, weil er sie offenbar aus dem Bett geklingelt hatte.

Sandra Fairchild hielt krampfhaft den Ausschnitt ihres Morgenmantels am Hals zusammen, während sie von einem nackten Fuß auf den anderen trat.

Ihr erster Blick auf Jeremy Madisons Gesicht

jagte ihr heiße Schauer über den Rücken. Schlagartig wurde sie sich bewußt, daß sie unter ihrem dünnen Spitzennachthemd und dem Morgenmantel nackt war. Ihre Brustwarzen wurden hart, und Sandra senkte den Kopf, um nicht länger den Blick dieser braunen Augen erwidern zu müssen.

»Sandra? Mrs. Fairchild?«

Sie nickte verwirrt.

»Jeremy Madison. Ich habe Sie aus dem Bett geholt, nicht wahr?«

Ihr zerzaustes Haar, ihr Aufzug und ihre nackten Füße sprachen für sich selbst. »Ja. Entschuldigen Sie, daß . . .« Sandras Hand beschrieb eine unbestimmte Geste über ihren Körper, um sich dann sofort wieder an den Ausschnitt ihres Morgenmantels zu klemmen. »Ich . . . ich hatte Sie früher erwartet. Treten Sie ein.«

Sie trat beiseite und hielt die schwere Eichentür für Jeremy auf. Als er an ihr vorbeiging, spürte sie seine Nähe fast körperlich.

»Ich hatte eigentlich früher abfliegen wollen, aber David nahm an einem Fußballspiel teil und heizte mir ordentlich ein, als ich ihm sagen mußte, ich könnte nicht zuschauen. Er war wirklich sehr enttäuscht. Also mußte ich meinen Flug umbuchen. Hat Alicia Sie denn nicht angerufen?« Jeremy blieb im Flur stehen.

»Nein.«

»Das tut mir leid«, seufzte er. »Sie sollte Ihnen eigentlich Bescheid sagen, daß ich später komme.« Er setzte sein Gepäck ab und streckte sich.

»Das macht überhaupt nichts.« Sandra schaute ihn an.

Jeremy richtete sich zu seiner vollen imponierenden Größe auf und lächelte ihr zu. Seine Augen waren wirklich außergewöhnlich. Selbst in der schwachen Nachtbeleuchtung, die Sandra immer in den Fluren brennen ließ, leuchteten sie in einem hellen Rehbraun und bildeten – von dichten dunklen Wimpern gerahmt – einen auffallenden Kontrast zu seinen vollen blonden Haaren.

»Es ist mir äußerst unangenehm, Sie in Ihrem Schlaf gestört zu haben. Alicia erzählte mir, daß Sie ursprünglich etwas dagegen hatten, mich zu beherbergen.« Jeremy grinste eine Spur zu selbstbewußt, zu sicher und, wie Sandra fand, entschieden zu verführerisch.

Verlegen schob sie eine widerspenstige Haarsträhne zurück. Wenn er doch endlich aufhören würde, sie auf diese beunruhigende Art anzublicken. »Das war nicht persönlich gemeint, Mr. Madison«, antwortete sie, um einen sachlichen Ton bemüht. »Hotels dieser Art werden meistens von Ehepaaren geführt, aber ich als alleinstehende Frau bevorzuge als Gäste lieber Paare oder gemeinsam reisende Frauen.«

Jeremys Lippen umspielte ein Lächeln. »Keine schlechte Idee. Sie müssen auf den Ruf Ihres Hauses achten.«

»Genau.« Sandra zog den Morgenmantel noch enger um sich. Sie konnte überhaupt nicht verstehen, was mit ihr los war. Ihr Körper schien verrückt zu spielen – ihr Herz klopfte, ihr Atem ging schneller, und es wurde ihr abwechselnd heiß und halt. So etwas war ihr noch nie nach nur etwa zehnminütiger Bekanntschaft mit einem Mann passiert.

»Meinen Sie nicht, diese Vorsicht könnte Ihrem Geschäft schaden?«

Mühsam brachte Sandra ein Lächeln zustande. »Tatsächlich komme ich kaum über die Runden und kann jeden zahlenden Gast gebrauchen.«

»Ich bin kein zahlender Gast«, sagte Jeremy. Diese leise Versicherung klang beinahe wie eine intime Prophezeiung.

Sandra holte tief Luft. »Ich habe Ihrem Aufenthalt hier nur zugestimmt, weil Sie der Verlobte meiner besten Freundin sind. Alicia hat mich gebeten, Sie einem Monat lang aufzunehmen, damit Sie Ihren Roman zu Ende schreiben können.

*»Die schlafende Herrin.«*

»Bitte?«

»Die schlafende Herrin. So heißt das Buch.«

»Oh.«

»Haben Sie meine Bücher gelesen?«

»Ja.«

»Und haben sie Ihnen gefallen?«

»Teilweise. Ich . . .«

»Welche fanden Sie gut?«

»Die meisten.« Sandra lachte über Jeremys bohrende Neugierde. Ihre Antwort erfreute ihn, aber sein Lächeln wurde ein wenig zu warm, zu persönlich. »Ich finde das mit Ihnen und Alicia wundervoll«, wechselte Sandra schnell das Thema.

»Sie ist eine großartige Frau.«

»Das stimmt. Ich hatte schon befürchtet . . . Schon gut.«

»Reden Sie weiter. Was hatten sie schon befürchtet?«

»Nun, ich hatte geglaubt, Alicia würde sich nie wieder vom Entsetzen durch Jims Tod erholen. Sie und die Jungen haben es so schwer genommen. Doch als ich kürzlich mit ihr sprach, klang sie sehr glücklich. Das ist Ihr Verdienst. Ich weiß, daß Sie die meisten Formalitäten nach Jims Tod erledigt haben und sich rührend um die Familie bemühten.«

»Ich hielt mich gerade in China auf, als der Unfall passierte«, erklärte Jeremy. »Sobald ich konnte, kehrte ich nach Hause zurück. Jim Russel war jahrelang mein bester Freund. Für mich war es keine Pflicht, sondern eine Ehre, mich um seine Witwe zu kümmern.«

*Und sie sogar zu heiraten?* hätte Sandra am liebsten gefragt. Aber es war wohl besser, zu schweigen. Sie hatte schon den Fehler begangen, das Thema mit Alicia zu diskutieren.

»Diese Heirat bedeutet mir so viel, Sandra«, hatte Alicia erklärt. »Seit Jim . . . na ja, du weißt, wie einsam ich mich gefühlt habe und welche Verantwortung die Jungen für mich bedeuten. Jeremy war wunderbar geduldig mit ihnen und mir, und jetzt brauchen wir beide erst einmal eine Atempause, bevor wir die letzte Hürde nehmen . . .«

»Alicia«, war Sandra ihr ins Wort gefallen, »liebst du Jeremy?«

Alicia hatte sich auffallend viel Zeit mit der Antwort gelassen. »Aber natürlich. Ich habe Jeremy immer verehrt, das weißt du. Er möchte sich um die Jungen kümmern. Er liebt uns, und wir beten ihn an.«

»Ich weiß, ich weiß.« Sandra war ungeduldig geworden, da ihre Freundin nicht zu bemerken schien, worauf sie hinauswollte. »Du hast mir schon hundertmal erzählt, wie er und Jim zusammen aufwuchsen – beinahe wie Brüder. Aber ist das ein ausreichender Grund, ihn zu heiraten? Er ist nicht Jim, Alicia.«

»Das ist gemein, Sandra! Ich werde nie einen Mann so lieben wie Jim, aber ich liebe Jeremy auf eine andere Art. Du bist nur deiner Erfahrungen mit Jason wegen verbittert und skeptisch, was die Beziehungen zwischen Mann und Frau angeht. Deshalb hast du dich doch in diesem alten Haus verbarrikadiert und zwei Jahre lang keinen Mann angesehen, seit dieser Kerl dich reingelegt hat.«

Da ihre Freundin den Nagel auf den Kopf getroffen hatte, hatte Sandra sich entschuldigt und das Thema fallenlassen. Jeremy und Alicia schienen sich einig zu sein, und nichts lag Sandra ferner, als anderen Leuten – und gar ihrer Freundin – Ratschläge in Herzensangelegenheiten zu erteilen.

Sie riß sich aus ihren Gedanken und sagte brüsk: »Wie kann ich Sie nur hier in der Halle stehenlassen. Sicherlich möchten Sie jetzt, daß ich Ihnen Ihr Zimmer zeige.«

»Alles halb so schlimm! Immerhin habe ich Sie aus Ihrem Bett geholt. Schlafen die anderen Gäste denn schon?«

»Von den sechs Zimmern sind drei belegt. Ja, nach dem Abendessen haben sich alle zurückgezogen.« Ihre Feststellung schien nur zu unterstreichen, daß sie beide sich ganz allein in der abgedunkelten Halle befanden, und daß Sandra lediglich ein durchsichtiges Nachthemd und einen Morgenmantel trug. Nervös fuhr sie sich mit der Zunge über die Lippen. »Alicia sagte, daß Sie ein großes Zimmer mit Bad wünschen.« Mit dem ausgestreckten Finger wies sie die Treppe hinauf. »Es ist die letzte Tür oben am Ende des Flurs.«

Jeremy machte keine Anstalten zu gehen. »Haben Sie eigentlich keine Angst gehabt, noch so spät einem Mann zu öffnen?«

»Alicia hat Sie mir beschrieben, und ich habe Sie auch von dem Foto auf dem Umschlag Ihres letzten Buches erkannt.«

Er verzog sein Gesicht zu einer Grimasse. »O Gott, hoffentlich nicht. Mein Agent bestand auf dem Brooks-Brothers-Anzug. Ich glaube, sie haben mich sogar vor der Aufnahme gekämmt.«

Jetzt war er jedenfalls ungekämmt. Der Nebel von San Francisco hatte sich wie ein glitzernder Schleier über sein Haar gelegt. Jeremy sah liebenswert zerzaust aus. Und die armeegrüne Drillichjacke stammte bestimmt nicht von Brooks Brothers. Tatsächlich machte sie den Eindruck, als hätte sie jeden Krieg seit 1812 miterlebt. Auch die verwaschenen Jeans und die abgetragenen Turnschuhe stammten kaum von einem exklusiven Herrenausstatter.

Das brillante Schwarzweißfoto, das Sandra auf dem Einband der ›*Eskapade in Paris*‹ angeschaut hatte, entsprach nicht annähernd dem echten Jeremy Madison, der sie jetzt anlächelte. Sie hatte gestern das Buch von einem Regal geholt, um sich mit ihrem zukünftigen Gast vertraut zu machen.

Alicia hätte es schlechter treffen können, hatte Sandra neidlos zugeben müssen. Sobald sie das Buch jedoch wieder auf seinen angestammten Platz gestellt hatte, hatte sie Alicias Verlobtem keinen weiteren Gedanken gegönnt.

Und nun stand er vor ihr, und Sandra verglich die

schönen unnahbaren Züge Jeremy Madisons auf der Fotografie mit dem, was sie in Wirklichkeit sah. Von Alicia wußte sie, daß er vierunddreißig war, und die vielen feinen Lachfältchen um seine Augen ließen vermuten, daß er das Leben zumeist von der heiteren Seite nahm.

Der Mund, der auf dem Foto brav lächelte, war in Wirklichkeit von provozierender Sinnlichkeit, die Zähne strahlten weiß. Während Jeremy auf dem Bild eher kühl und beherrscht gewirkt hatte, vermittelte er – so wie er vor Sandra stand – den Eindruck von vitaler Männlichkeit.

In dem Anzug von Brooks Brothers hatte sein Körper bei weitem nicht so eindrucksvoll ausgesehen, und Sandra hatte nicht geahnt, wie athletisch Jeremy gebaut war. Seine breiten Schultern, seine schmalen Hüften, die langen muskulösen Beine – das alles mußte in jeder Frau den Wunsch erwecken, ihn zu berühren.

»Und jetzt?« fragte Jeremy.

Sandra wurde rot. Hoffentlich konnte er keine Gedanken lesen. »Oh, Ihr Zimmer ist hergerichtet. Sie brauchen nur noch hineinzugehen und Ihr Gepäck aus den Händen fallen zu lassen. Ich hole Ihren Schlüssel.«

Dankbar für einen Grund, einen Moment lang seiner intensiven Ausstrahlung entfliehen zu können, wollte sie zu ihrem Büro hinter der Treppe gehen. Jeremy hielt sie zurück.

»Ich bereite Ihnen ungern mehr Mühe als notwendig, aber ich sterbe fast vor Hunger. Könnte der zahlende Gast der gnädigen Wirtin vielleicht eine Schüssel Cornflakes abschwatzen? Oder sonst irgend etwas? Ich bin nicht wählerisch.«

»Heute abend gab es Schmorbraten. Wäre Ihnen ein Roastbeef-Sandwich recht?«

»Ein solches Angebot wirft einen Mann, der sich mit Cornflakes begnügt hätte, fast um«, sagte er lachend und legte mit einer theatralischen Geste eine Hand aufs Herz.

Sandra versuchte, ernst zu bleiben. »Setzen Sie sich nur in den Speiseraum.« Sie zeigte auf eine Tür. »Ich bringe Ihnen das Essen.«

Ein Druck auf den Schalter, und der Speiseraum wurde in warmes Licht getaucht. Die Tische waren bereits für das Frühstück gedeckt; Silber glänzte auf gestärktem Leinen, und die chinesischen Porzellanteller schmückten kunstvoll gefaltete Servietten. Ein bunter Blumenstrauß in einer antiken Suppenterrine lockerte die stilvolle Eleganz auf eine unauffällige Weise auf. »Alles nur für mich?«

Sandra drehte sich um und stellte fest, daß Alicias Verlobter dicht hinter ihr stand, um einen Blick in den elegant möblierten Raum zu werfen, der Sandras ganzer Stolz war. Jeremy hatte eine randlose, getönte Brille aufgesetzt, die den intellektuellen Eindruck, den schon sein Foto vermittelt hatte, nur noch unterstrich.

»Ich . . .«

»Nun, offenbar haben Sie schon zum Frühstück gedeckt. Wäre es nicht einfacher, wenn ich mein Sandwich in der Küche äße? Am besten von einem Pappteller.«

»Meinetwegen«, hauchte Sandra. Jeremy stand so nahe und war so viel größer als sie, daß sie den Kopf zurücklegen mußte, um ihn anzusehen.

Sein Blick wanderte langsam über ihr Gesicht und ihre schmale Hand, die den Morgenmantel am Hals zusammenhielt.

Dann fragte Jeremy sehr leise: »Wo ist denn die Küche?«

»Hier entlang.«

Noch während sie sprach, wußte Sandra, daß sie sich höchst ungewöhnlich benahm. Noch nie hatte ein Gast ihre Küche betreten, doch in diesem Fall wäre es lächerlich gewesen, weiter in der dunklen Halle herumzustehen – in Nachthemd und Morgenmantel – und darauf zu bestehen, daß Jeremy im Speisezimmer Platz nahm. Aber eigentlich hätte sie ihm nicht zustimmen dürfen. Schließlich gehörte *ihr* Fairchild House. Wieso war es plötzlich so schlecht um ihre Autorität bestellt?

Trotzdem schien es das einzig Vernünftige, Jeremy durch die Halle zu führen. Er hatte seinen Koffer und seine Schreibmaschine am Fuße der Treppe stehenlassen und zog sich auf dem Weg zur Küche seine Jacke aus.

Sandra schaltete das Licht in der Küche ein und machte schnell ein Roastbeef-Sandwich. Das, ein Rest Obstsalat, ein Stück Schokoladenkuchen und ein großes Glas Milch würden hoffentlich Jeremys Hunger stillen.

Sie spürte, daß sein Blick ihr folgte, während sie durch die Küche wirbelte. Wenn sie doch nur nicht so nervös wäre! Krampfhaft versuchte sie, ein Gesprächsthema zu finden. »Alicia hat mir gar nicht erzählt, daß David Fußball spielt.«

Da. Das war ein unverfängliches Thema. Alicias

Name machte die Tatsache weniger verwirrend, daß Jeremy hier in der Küche an dem kleinen Arbeitstisch einen Imbiß aß, den sie eigens für ihn mitten in der Nacht zubereitet hatte, während sie ihm gegenübersaß und sich fragte, ob ihm wohl klar war, daß sie unter ihrem Nachthemd nackt war.

*Wie kann man sich darüber nur den Kopf zerbrechen, Sandra. Alle Menschen sind unter ihrer Kleidung nackt,* dachte sie.

Jeremy trank einen Schluck Milch, bevor er antwortete. »Sie fangen früh damit an. Und einige von diesen kleinen Kerlen können ganz schön rennen und haben schon ein gutes Ballgefühl.«

»Sicher hat es David viel bedeutet, daß Sie bei seinem Spiel zugeschaut haben.«

Sandra spielte mit der Zuckerdose auf dem Tisch. Es war kühl im Raum, und sie hoffte, daß Jeremy nicht bemerkte, wie ihre Brustwarzen durch die Kälte hart wurden und sich unter ihrem Morgenmantel abzeichneten.

»David und Adam sind nette Jungen, aber sie brauchen den Einfluß eines Mannes. Es fällt Alicia schwer, auch einmal streng zu sein. Sie befürchtet, dadurch könnte den Jungen nach dem Tod ihres Vaters weiterer seelischer Schaden zugefügt werden.«

»Der Unfall war ja auch entsetzlich«, sagte Sandra leise. »Nicht nur sein Tod muß ein Schock für die Jungen gewesen sein, sondern auch der Wirbel darum, die ganzen Begleitumstände.«

»Zweifellos.« Jeremy schlug mit der Faust auf den Tisch. »Verdammt, wie konnte Jim nur an diesem Rennen teilnehmen? Nicht nur sein Leben, sondern auch das seiner Familie aufs Spiel zu setzen, war verrückt und selbstsüchtig. Als er mir so stolz sein verdammtes Auto vorführte, riet ich ihm, es sofort wieder zu verkaufen. Ich habe ihm gesagt, er soll sich dieses Rennen aus dem Kopf schlagen.« Sandra nickte zustimmend, und Jeremy fuhr fort: »Ich weiß, es klingt schlimm, aber ich bin immer noch wütend auf Jim, daß er Alicia und den Jungen gegenüber so unverantwortlich gehandelt hat.« Jeremy schluckte den Rest seines Sandwiches hinunter. »Seltsam, daß ich Jims bester Freund war, Sie Alicias beste Freundin, und wir uns noch nie begegnet sind. Warum waren Sie damals nicht auf ihrer Hochzeit?«

Sandra starrte wie gebannt in seine braunen Augen. »Ich . . . ich war in Ägypten.«

»Was? Sie sind nach Ägypten gefahren, um nicht an der Hochzeit teilnehmen zu müssen?«

Sie lachte. »Nein. Meine Eltern sind Ägyptologen. Sie hatten mich überredet, sie auf einer dreimonatigen Reise zu begleiten. Alicia drohte, weinte, flehte, aber es half nichts. Ich hatte meinen Eltern versprochen mitzukommen, und es wäre zu teuer gewesen, zur Hochzeit zurückzukommen.«

Blickte er tatsächlich auf ihre Brust? Lieber Himmel, ja. Sandra hätte sich am liebsten in Luft aufgelöst.

»Ge . . . gefiel Ihnen Ägypten?« Jeremy räusperte sich. Seine Stimme klang plötzlich rauh.

»Ganz gut.« In Wirklichkeit hatte sie jede Minute dort verabscheut. Für ihre Eltern allerdings war es die Reise ihres Lebens gewesen. Ihr Vater, Professor für Ägyptologie und ihre Mutter, seine frühere Assistentin, hatten Sandra lange genug gebeten, sie doch einmal zu begleiten.

Wie Sandra befürchtet hatte, war sie auf der Reise von ihren Eltern als kostenloses Dienstmädchen benutzt worden. Sie mußte sich um alle Formalitäten kümmern, um das Gepäck, um die Kleidung ihrer Eltern, um ihre Verabredungen. Ihre Eltern hatten nie viel Zeit für ihre Tochter gehabt. Wenn sie nicht gerade in ihre Arbeit vertieft waren, kümmerten sie sich ausschließlich umeinander, und Sandra hatte oft das Gefühl gehabt, daß sie ihre Tochter vergessen hatten.

Jeremys Stimme riß sie aus ihren Gedanken, »Was haben Sie gemacht, bevor sie Hotelbesitzerin wurden?«

Sandra schrieb seine indiskrete Frage der Neugier des Schriftstellers zu. Ihre Lebensgeschichte würde ihn langweilen und in ihr selbst nur traurige Erinnerungen wachrufen, also antwortete sie höflich und möglichst allgemein. »Ich habe bei einer Firma in Burbank gearbeitet, die Bürobedarf herstellt und vertreibt.«

»Und all das haben Sie für dieses alte Haus in San Francisco aufgegeben?«

»Nun, es war schon ein außerordentliches Opfer.« Sie zog ein betrübtes Gesicht, aber nur für einen Moment, dann lachten sie beide.

»Wie sind Sie an dieses wunderschöne alte Haus gekommen?«

»Es war eigentlich ein nebensächlicher Posten im Testament meines Großvaters. Meine Eltern interessierten sich nicht dafür. Ich bin dann hierhergefahren, um es mir anzusehen, und wußte sofort, was ich damit anfangen wollte. Ich habe mich gleich in dieses Haus verliebt.«

Sandra war nach Los Angeles zurückgekehrt,

hatte ihren Job gekündigt, ihre Eltern von ihren Absichten in Kenntnis gesetzt und war binnen einer Woche umgezogen. »Ich habe jeden Cent, den mein Großvater mir hinterlassen hatte, in die Renovierung des Hauses gesteckt. Es war in einem verheerenden Zustand.«

»Aber direkt bei der Union Street? Mein Gott, hatten Sie ein Glück!«

»Nach den Steuern zu urteilen, gehört mit tatsächlich ein erstklassiger wertvoller Grundbesitz. Und es kostet mich eigentlich keinen Cent.«

Jeremy besah sich die modernisierte Küche, die Sandra von Grund auf hatte erneuern müssen.« Sie haben bemerkenswerte Arbeit geleistet. Das Haus ist großartig.«

»Danke. Und wenn ich mich jetzt noch über Wasser halten kann, bis ich Gewinne erziele . . .« Sie kreuzte abergläubisch die Finger. Jeremy lachte fröhlich.

»Ich habe gedacht, Sie wären wie Alicia. Das stimmt aber nicht.«

Das war Sandra schmerzlich klar. Alicia war schon eine Schönheit an der Universität gewesen, als sie und Sandra sich angefreundet hatten. Neben der dunkelhaarigen und langbeinigen Alicia hatte Sandra sich oft farblos und unscheinbar gefühlt.

Sandras Haar war lang, dicht und von einem auffallenden Blond. Die Farbe ihrer Augen war rauchblau, und Sandras Figur war genauso wohlgeformt wie Alicias, jedoch ohne ein Gramm überflüssiges Fett.

»Mit Sicherheit nicht«, ging Sandra auf Jeremys Bemerkung ein. Sie versuchte, seinen durchdringenden Blick als Merkmal seines Berufes zu deuten.

Schriftsteller mußten ihre Umwelt doch viel aufmerksamer beobachten, als andere es taten. »Alicia ist schön.«

»Sie auch.«

Sandra sprang von ihrem Stuhl auf und stieß dabei mit ihren Oberschenkeln schmerzhaft gegen die Tischkante. »Danke. Möchten Sie noch etwas?« fragte sie nervös und wünschte sich, daß ihre Hände endlich zu zittern aufhörten, als sie nach dem Geschirr griff.

»Nein, danke. Es war köstlich. Sie haben mich vor dem Verhungern gerettet.«

Sandra trug das Geschirr zum Spülbecken und ließ Wasser darüberlaufen. »Ich bringe Sie jetzt zu Ihrem Zimmer.«

Sie ging hinter Jeremy her und spürte, wie ihr Puls plötzlich schneller klopfte, als sie seine geschmeidigen Bewegungen beobachtete.

Eng spannte sich die Jeans um seine Beine, und das Spiel seiner Muskeln weckte Vorstellungen in Sandra, die ihr die Röte in die Wangen trieben.

*Guter Gott, sie wurde noch zu einer frustrierten alten Jungfer, die nur eine Sache im Kopf hatte.*

»Ich hoffe, Sie werden mit Ihrem Zimmer zufrieden sein.«

Sandra öffnete die Tür zu ihrem Büro und nahm aus einem Schränkchen, in dem die Schlüssel mit ihren Anhängern nach Nummern geordnet an Haken hingen, einen Zimmerschlüssel und ließ ihn in seine Hand fallen, sorgsam darauf bedacht, Jeremy nicht zu berühren.

»Gibt es in meinem Zimmer einen Tisch, auf den ich meine Schreibmaschine stellen kann?«

»Ich habe einen für Sie hingestellt ... und einen zusätzlichen Stuhl.«

»Danke. Ich kann Ihnen gar nicht sagen, wie sehr ich mich auf ein ungestörtes Arbeiten freue.«

»Ich habe mich schon gefragt, warum Sie Ihr Buch nicht in Los Angeles beenden können. Alicia sagte, daß Sie beide dort leben werden. Ich nahm an, Sie hätten dort ein Haus.«

»Das habe ich auch, direkt am Strand. Ein reizendes Haus. Es gibt dort alles, was man zum Leben braucht.«

»Dann ...«

»Einschließlich eines Telefons. Und jeder hat meine Nummer. Alicias Mutter ruft an und fragt, ob ich weiß, in welcher Farbe sich meine Mutter zur Hochzeit kleiden will. Wenn ich ihr vorschlage, sie doch selbst anzurufen, sagt sie: ›Oh, ich möchte sie auf keinen Fall stören.‹ Dann ruft Alicias Vater an und bittet mich zum Lunch, damit ich einige seiner Bekannten kennenlernen kann. Ich erzähle ihm, daß ich zu arbeiten habe, und er meint: ›Aber irgendwann mußt du doch einmal essen.‹ Und dann ruft natürlich Alicia an und dann David und dann Adam und ...«

»Der kleine Adam?« Sandra mußte lachen. »Er ist doch erst drei.«

»Aber er kann schon meine Nummer wählen.« Jeremy schüttelte den Kopf. »Ich kann die Kinder doch nicht anschreien, nicht zurückweisen. Sie erkennen einfach nicht, wie sehr mich diese Unterbrechungen ablenken.«

»Und wenn Sie verheiratet sind und arbeiten müssen? Es wird bestimmt nicht einfacher, und die Störungen werden bleiben.«

»Ja, aber dann kann ich sie anschreien.«

Ihr gemeinsames Lachen vertiefte das Gefühl der Vertrautheit zwischen ihnen.

»Nun, in diesen Zimmern hier gibt es kein Telefon«, sagte Sandra nach einer Weile atemlos. »Es kommt zum erstenmal vor, daß diese Tatsache als Vorteil ausgelegt wird.«

»Es klingt von Minute zu Minute verlockender.«

»Alicia meinte, Sie würden die meiste Zeit arbeiten.« Sandra hoffte, daß ihm der gehetzte Klang ihrer Stimme entgangen war. »Soviel ich weiß, fehlt Ihnen nur noch das letzte Kapitel.«

Mittlerweile waren sie am Fuß der Treppe angelangt, aber Jeremy machte keinerlei Anstalten, seinen Koffer und seine Schreibmaschine zu ergreifen. »Ja, aber es macht mich fertig.«

»Wissen Sie nicht, wie das Buch enden wird?« Sandras rechte Hand ruhte auf dem Eichengeländer, das im Laufe der Jahre einen warmen Schimmer angenommen hatte. Die linke Hand spielte verlegen mit dem Gürtel ihres Morgenmantels.

»Doch, aber mir fehlt noch die Passage, wo der strahlende Held den elenden Bösewicht besiegt, und die entscheidende Liebesszene zwischen den beiden Hauptfiguren.«

»Das sollte Ihnen nicht schwerfallen, wenn Sie sich in Ruhe konzentrieren können. Spannende Szenen sind doch Ihre Stärke, und bei einem Titel wie ›*Die schlafende Herrin*‹ dürfte die Liebesszene kein unlösbares Problem sein.«

Sein Grinsen wurde breiter. »Aber *Die schlafende Herrin* ist gar keine Frau.«

»Was? Etwa ein Mann?« fragte Sandra überrascht.

Jeremy lachte schallend auf. »Nicht bei einem Helden in einem Buch von Jeremy Madison«, meinte er und versuchte beleidigt auszusehen. »Nun, der Begriff ›Herrin‹ bezieht sich auf das Pflichtgefühl des Helden. Das ist seine Antriebsfeder, seine Leidenschaft. Es verliert plötzlich an Bedeutung, als er der Heldin begegnet und dadurch sein Pflichtgefühl vernachlässigt. Erst zum Schluß meldet sich dieses Gefühl wieder.«

Sandra bemerkte erst, daß sie zwischen der Wand und Jeremy gefangen war, als sie zu ihm aufsah und dabei mit dem Hinterkopf gegen die Wand stieß. »Also muß er die Frau aufgeben?«

Er zuckte die Schultern. Sein Blick ließ sie nicht los. Jeremy war ihr so nahe, daß sie seinen Atem auf ihrer Haut spürte, warm und angenehm. »Ich meine, diese Entscheidung muß ich dem Helden überlassen. Und dann ist noch die Heldin zu bedenken. Würde eine Frau einen Mann lieben, wenn sie wüßte, daß alles dagegen spricht und daß nichts dabei herauskommen kann?«

Gerade noch rechtzeitig hielt sich Sandra zurück, die Hand auszustrecken und Jeremys Wange zu berühren. »Vielleicht wird sie ihn nicht freiwillig lieben, vielleicht wird er sie dazu zwingen.«

Er schüttelte den Kopf, ohne ihren Blick loszulassen. »Nein. Bedenken Sie, er ist der Held. Helden brauchen nicht auf Vergewaltigungen zurückzugreifen. Übrigens weiß er, daß sie genauso zwiespältig empfindet wie er.«

»So?«

»Ich bin mir beinahe sicher.«

»Also wird die Geschichte ein trauriges Ende nehmen?«

»Bestenfalls ein bittersüßes.«

»Ich glaube nicht, daß ich die Geschichte lesen möchte.«

»Möglicherweise müssen Sie mir helfen, sie zu schreiben.«

Jeremy war auf sie zugetreten, und Sandra hielt den Atem an. Ohne daß es ihr bewußt wurde, schloß sie erwartungsvoll die Augen und öffnete leicht die Lippen.

Plötzlich durchzuckte sie der Gedanke an ihre Freundin Alicia.

Sandra machte schnell die Augen wieder auf und bemühte sich verzweifelt, Jeremy nicht zu berühren, als sie sich an ihm vorbeidrängte, um die erste Treppenstufe zu erreichen.

»Ich bringe Sie jetzt nach oben«, stammelte sie verwirrt.

»Sandra.«

Selbst wenn sich seine kräftigen Finger nicht um ihr Handgelenk geschlossen hätten, hätte die Art, wie er ihren Namen aussprach, sie zurückgehalten. Aus Jeremys Mund klang ihr Name wie reine Poesie. Sandra blickte auf seine Finger, dann in sein Gesicht. »Ich bin durchaus in der Lage, mein Zimmer selbst zu finden«, sagte er nach einem langen, beunruhigenden Moment. »Bemühen Sie sich nicht.«

»Dann sehe ich Sie beim Frühstück.« Konnte er ihren rasenden Puls unter der Kuppe seines Daumens spüren? »Ich serviere zwischen halb acht und halb zehn.«

»Im Bett?«

Ihr Mund wurde trocken. Wie würde es sein, wenn diese schmalen, sensiblen Finger, unter deren Griff ihre Haut brannte, ihre Brüste berührten und nicht nur ihre Hand. »Was meinten Sie?«

»Servieren Sie Frühstück im Bett?«

»Wenn ... wenn ein Gast es vorzieht, kann ich ihm ... ihr ... ein Tablett aufs Zimmer bringen.«

»Das wäre mir recht.«

# 2

Jeremy stand an dem Erkerfenster in seinem Zimmer und beobachtete, wie der Morgen über dem traumhaft schönen San Francisco heraufzog. Von hier aus konnte er den Abschnitt der Union Street sehen, wo sich elegante Boutiquen, exklusive Galerien und teure Restaurants aneinanderreihten. Heute schien die Sonne nicht. Nur ein hellgrauer Lichtstreifen fiel auf die Landschaft. Das Wetter paßte gar nicht zu seiner Stimmung.

In seinem ganzen Leben hatte Jeremy sich nicht besser gefühlt.

Trotzdem verursachte ihm das überschäumende

Glücksgefühl in seiner Brust ein höllisch schlechtes Gewissen.

Er blickte über seine nackte Schulter auf das Bett, auf dessen pastellfarbenen Laken er noch den Abdruck seines Körpers erkennen konnte. Jeremy hatte wie ein Stein geschlafen, ganz wie ein Mann, dessen Gewissen rein und unbelastet ist. Nicht, daß er nicht furchtbar lange gebraucht hätte, um einzuschlafen.

Aber sobald er sich damit abgefunden hatte, daß er den Gedanken an Sandra nicht verdrängen konnte, daß er überhaupt nichts daran ändern konnte, hatten sich seine Augen geschlossen, und er war selig lächelnd eingeschlafen. Noch beim Aufwachen hatte er das glückliche Lächeln auf seinem Gesicht gespürt und sich sofort dafür geschämt. Von Alicia hatte er nicht geträumt.

Arbeit. Das brauchte er jetzt. Harte, aufreibende, gefühlsabtötende Arbeit. Widerstrebend verließ Jeremy das Fenster und ging zu dem kleinen, quadratischen Tisch in der Mitte des Zimmers, um die Schreibmaschine daraufzustellen. Er nahm die Hülle ab, legte einen Stapel frischen Papiers neben die Maschine, auf die andere Seite den Korb mit den etwa vierhundert Manuskriptseiten, rückte seine Brille zurecht und setzte sich auf seinen Stuhl. Dann starrte Jeremy ins Leere.

O Gott! War er je in seinen vierunddreißig Jahren von dem Anblick einer Frau so hingerissen gewesen wie letzte Nacht? Nein. Dessen war er sich sicher. Sonst würde er sich daran erinnern.

Sandra hatte so verdammt niedlich ausgesehen, als sie da in der Tür stand mit ihrem zerwühlten Haar und ihren nackten Füßen. Der Morgenmantel war grauenvoll, blaßgrau und zu groß, etwas, das eine gefühlskalte Großmutter tragen würde. Darunter hatte er den Saum eines Spitzennachthemdes erkannt.

Diese Aufmachung hatte ihn kaum auf lustvolle Hintergedanken bringen können; trotzdem hatte ihn eine Erregung gepackt, die er sich in diesem Moment nicht hätte erklären können.

Sandra hatte nicht mehr ›niedlich‹ gewirkt, nachdem er ihr in die Küche gefolgt war. Als sie sich bückte, um eine Serviette aus einer Schublade zu holen, hatte er auf ihrem vollkommen geformten Po keine Konturen eines Höschens erkennen können. Eine faszinierende Vorstellung.

Jeremy hatte aufgehört, sie als niedlich zu betrachten, und versucht, sich den schlanken, weiblichen Körper unter diesem gräßlichen blauen Fummel vorzustellen.

Sein Mund war trocken geworden, und nur mühsam hatte er das Sandwich hinuntergewürgt. Besonders, als er die beiden Spitzen bemerkte, die sich vorwitzig durch den Stoff ihres Morgenmantels abzeichneten.

Beinahe wäre er an seinem Bissen erstickt. Er hatte sich keine Illusionen darüber gemacht, weswegen Sandras Warzen hart waren. Es hatte natürlich nicht an seiner umwerfenden Wirkung auf Frauen gelegen. In der Küche war es einfach kalt gewesen, nichts weiter. Aber das hatte an dem Resultat nichts geändert, und die einfache Erklärung dafür hatte es ihm auch nicht leichter gemacht, seinen Blick geschweige denn seine Hände von Sandras aufregenden Brüsten zu lassen.

So anziehend ihr Körper auch war, es waren ihre

Augen, die ihn am meisten bezaubert hatten. Sie waren schön, von einem zarten Blau, mit Grau überlagert. Jeremy war sicher, daß ihr nicht klar war, was sie alles über sie enthüllten. Traurigkeit versteckte sich in diesen Augen. Schmerz. Vorsicht. Sie war wie ein kleines Tier, das einmal zu oft geschlagen worden war und nun Angst hatte, sich wieder herauszuwagen.

Diese ängstliche Vorsicht war aufgeflackert, sobald er die Treppe hinaufgekommen war. Wahrscheinlich hatte ihn einzig und allein dieser angstvolle Ausdruck davon zurückgehalten, sie zu küssen. Nur küssen, zum Teufel? Dieser Ausdruck in den Augen hatte ihn davon zurückgehalten, alles zu tun, was sie ihm erlaubt hätte.

Denn zu diesem Zeitpunkt hatte er beinahe schon vergessen, wer Alicia war. Heiße, zügellose Begierde hatte ihn erfüllt, ihn verbrannt, bis er glaubte, verrückt zu werden, wenn er Sandra nicht berührte. Sein Herz hatte in seinen Ohren gehämmert und jedes einzelne warnende Wort erstickt, das ihm sein Gewissen zurief. Gewissen, Pflicht, Verantwortung, Moral.

Zum Teufel mit all dem! In diesem Moment war sein ganzes Ich von wildem Verlangen beherrscht gewesen, und nur die Angst in Sandras Augen hatte ihn daran gehindert, sie an sich zu reißen, zu küssen, den ganzen herrlichen Körper zu erforschen.

Jeremy erhob sich aus seinem Stuhl und umrundete den Tisch wie eine eingesperrte Raubkatze. Er konnte nicht ruhig sitzenbleiben, denn sogar die Erinnerung daran, wie sehr er sie hatte berühren wollen, machte ihn rastlos und nervös.

Du lüsterner Kerl! dachte er ärgerlich. Denn

wenn er auch sonst nichts von ihr wußte, war ihm klar, daß Sandra Fairchild eine anständige Frau war, die wahrscheinlich entsetzt wäre, wenn sie wüßte, was ihm durch den Kopf ging. Du bist mit ihrer besten Freundin verlobt, um Himmels willen, ermahnte Jeremy sich angewidert.

Wie würde es wohl sein, wenn er einen ganzen Monat unter Sandras Dach verbrachte. Er wollte nicht daran denken.

Sein Manuskript schien ihn zu rufen. Jeremy seufzte. Na ja, immerhin war das der Grund, weshalb er hierhergekommen war. Um zu arbeiten! Um diesen verdammten Roman zu Ende zu schreiben.

Er verschränkte die Hände hinter dem Kopf und streckte sich. Dann setzte er sich wieder an den Tisch, spannte ein Blatt ein, starrte auf das unbeschriebene Blatt Papier und ließ seine Finger auf den Tasten der Schreibmaschine ruhen. Was hätte sein Romanheld getan, wenn er mitten in der Nacht einer schönen, leichtbekleideten Frau wie Sandra begegnet wäre?

»Dumme Frage«, sagte Jeremy laut. »Das ist Dichtung. In deiner Vorstellung kann alles passieren.«

Er ließ seinen Gedanken freien Lauf. Wäre er Gregory, der Held, gewesen und nicht Jeremy Madison, ein wohlerzogener Mensch, der gewöhnlich seinem Gewissen folgte, wäre er der lieblichen Mrs. Fairchild in die Küche gefolgt. Sobald er gesehen hätte, wie sich ihre Brustwarzen abzeichneten, hätte er über den Tisch gelangt, um eine von ihnen mit langsamen, kreisenden Bewegungen zu massieren, bis sie so hart und rund wie eine Perle gewesen wäre.

Was für eine aufregende Vorstellung. Doch leider nur reinste Phantasie. Wie gut, daß Gedanken frei waren!

Gregory hätte den Tisch mit einer Bewegung leergefegt, die Frau ergriffen und sie kurzentschlossen auf den Tisch . . .

Nein, nein, nein. Da fehlte die Feinheit, die Klasse.

Der Fußboden? Zu kalt. Wieder keine Klasse bei so einer Frau.

*Warte. Ich hab's!* Er hätte sie langsam auf die Füße gezogen. Sie hätte sich schüchtern gewehrt und sich eine Weile geziert. Doch sobald sich ihre Lippen getroffen hätten, wäre sie dahingeschmolzen. Seine Arme hätten sich fest um sie geschlossen. Während seine Zunge in ihren Mund eingedrungen wäre, hätte er sie auf die Tischplatte gehoben. Sie hätte einen schwachen Protest gemurmelt, als er ihren Morgenmantel öffnete, aber sich dann nicht länger gewehrt. Langsam hätten seine Hände den Mantel über ihre Schultern gestreift, und er hätte . . . das Spitzennachthemd gesehen, das genauso häßlich war wie der Morgenmantel.

»Verdammt«, stieß Jeremy hervor und verwünschte sich. Er rieb sich die Augen, entschlossen, sich auf Gregory und dessen Probleme zu konzentrieren, aber sein eigenes Problem bewirkte so lebhafte körperliche Veränderungen an ihm, daß es sich nicht verleugnen ließ.

*Es ist doch nur Phantasie, du Narr. Nimm doch an, es gäbe kein Nachthemd. Nimm an, sie wäre . . .*

Dann hätten seine Hände langsam den Mantel beiseite geschoben und er hätte . . . ihre nackten Brüste gesehen, die sich ihm verlangend entgegenstreckten – mit rosigen Warzen, die auf die leiseste Berührung ansprachen. Er hätte sie berührt. Gestreichelt. Gereizt.

Dann hätte er den Kopf gesenkt und eine Warze in den Mund genommen, um sanft daran zu saugen. Inzwischen wäre sie außer sich vor Erregung gewesen, hätte leise und rauh gestöhnt und ihre Beine um ihn geschlungen. Und als er mit der Zungenspitze ihren Warzenhof umkreiste, hätte sie sich an ihn geschmiegt und . . .

»Mr. Madison?«

»Was?!« rief Jeremy erschrocken und schoß von seinem Stuhl hoch, der im nächsten Moment mit einem lauten Krach zu Boden fiel, während Papierblätter durch die Luft flatterten.

Sandra stand mitten in der Tür, in einer Hand ein großes Silbertablett, das mit einer Serviette bedeckt war, die andere Hand noch immer auf dem Türknauf, als hätte Jeremys überraschter Ausruf sie dort festgenagelt.

Er versuchte, seine Fassung zurückzugewinnen, versuchte, wieder zu Atem zu kommen und so zu tun, als hätte er die ganze Zeit gearbeitet. Er versuchte sich auch vorzumachen, daß er nie in der Lage wäre, eine Frau wie Sandra Fairchild zum Gegenstand seiner erotischen Phantasien zu machen. Doch keine seiner Bemühungen waren erfolgreich.

»Ich . . . ich habe geklopft«, sagte Sandra zaghaft und verlegen.

»Es tut mir leid, Sandra. Ich war . . . eh . . . ganz in Gedanken. Ach, lassen Sie mich das machen.« Jeremy eilte zur Tür und sah mit Bedauern, daß Sandra vorsichtig zurückwich. Er versuchte, die

Situation aufzulockern. »Ich glaube, mein Gebrüll hat Sie zu Tode erschreckt. Ich entschuldige mich noch einmal.«

»Als Sie nicht auf mein Klopfen geantwortet haben, begann ich, mir Sorgen zu machen und wollte Sie . . .«

Jeremy nahm ihr das Tablett ab, rührte sich aber nicht von der Stelle. Wie zu Salzsäulen erstarrt standen sie in der Tür und starrten einander an. Die Vorsicht wollte nicht aus Sandras Blick weichen, und Jeremys anfänglich sonnige Laune verfinsterte sich wie das Wetter draußen.

Er konnte phantasieren, soviel er wollte, aber die Wirklichkeit würde sich nicht ändern. Er war an eine Frau und zwei kleine Jungen gebunden, die ihn brauchten. Er hatte nie leidenschaftliche Phantasien über Alicia gehabt, es war eine andere Art von Liebe, die sie füreinander empfanden. Vielleicht waren die nicht so leidenschaftlichen Gefühle die sichersten. Jedenfalls stürzte man dabei nicht innerhalb weniger Sekunden von den Höhen des Glücks in die Tiefen der Verzweiflung.

Liebe? Was, zum Teufel, hieß das überhaupt? Er hatte wohl zu viele seiner eigenen Bücher gelesen. Liebe entstand nicht so schnell. Manchmal brauchte sie Jahre, um sich zwischen zwei Menschen zu entwickeln. Aber als er die Verwirrung in Sandras Augen sah, erkannte er, daß auch sie von ihren Empfindungen überwältigt war. Der Himmel wußte, was sie dagegen tun sollten.

»Sie sollten Ihr Frühstück lieber essen, solange es

noch heiß ist.« Sandra zeigte auf das Tablett. Warum war sie nicht wieder hinuntergegangen, als er ihr Klopfen nicht beantwortet hatte, um es später noch einmal zu versuchen?

Wahrscheinlich hätte er sich dann inzwischen ein Hemd angezogen. Jetzt trug er nichts als seine Jeans. Der Anblick seiner muskulösen Brust war nicht dazu geeignet, ihr die Ruhe wiederzugeben, die sie verloren hatte, seit Jeremy zum ersten Mal vor ihr gestanden hatte.

Er wandte sich ab, und Sandra atmete erleichtert auf.

»Setzen Sie sich zu mir?«

»Nein«, sagte sie zu laut und zu schnell. Gott sei Dank zog Jeremy sich jetzt ein Hemd an. Sein Rücken war breit, und die Muskeln spielten unter der sonnengebräunten Haut.

Sandra versuchte, ihr hartes ›Nein‹ abzuschwächen. »Nein, danke. Die anderen Gäste sitzen im Speisezimmer. Ich muß in der Nähe sein, wenn sie irgend etwas brauchen.«

»Und ich habe keinen Anspruch auf die gleiche Aufmerksamkeit?«

Jeremy zog sie auf, provozierte sie mit Absicht, und sie war zu nervös, um auf die gleiche spielerische Art darauf einzugehen. »Ja«, antwortete Sandra mit einer Spur von Schärfe. »Es liegt wohl auf der Hand, daß ich nicht an zwei Orten gleichzeitig sein kann, und da unten sechs Gäste sitzen und Sie allein sind, entscheidet die Mehrheit. Vielleicht sollten Sie es sich das nächste Mal überlegen, ob Sie nicht auch mit den anderen unten frühstücken wollen. Außerdem glaube ich nicht, daß es meinen Gästen gefallen würde, wenn ihre Wirtin sich im

Zimmer eines männlichen Gastes aufhält. Ich hole das Tablett später wieder ab.«

Sandra war überzeugt, die Tür nicht hinter sich zugeschlagen zu haben, aber das Klappern der Fenster bewies das Gegenteil. »Das ist alles Alicias Schuld«, murmelte sie. Bei jeder Treppenstufe schwor sich Sandra, daß sie ihre Freundin mit Vorwürfen überhäufen würde, wenn sie sie das nächste Mal sah.

Was war los mit Alicia? War sie verrückt? Einen Mann, der so aussah wie Jeremy, zu einer Frau, irgendeiner Frau zu schicken, war Schwachsinn. Wußte sie nicht, daß er Frauen wie ein Magnet anzog?

Gleichgültig, was für eine treue Freundin Sandra war, ihre Gefühle waren nicht tot. Und nur Frauen ohne Gefühle, kalt wie Stein, konnten gegen Jeremy Madisons Charme immun sein.

Am Eingang zum Speisezimmer hielt Sandra an, faßte sich und setzte ein freundliches Lächeln auf, bevor sie eintrat. »Möchte noch jemand Orangentörtchen?«

»Ja«, antworteten ihre Gäste im Chor.

Als sie mit einem gefüllten Korb aus der Küche zurückkehrte, versprach sie einem jungen Paar, das am Morgen abreisen wollte, ein paar Törtchen einzupacken. »Sie können sie während der Fahrt essen.«

»Wie reizend von Ihnen, Mrs. Fairchild. Vielen Dank. Ernest und ich haben unseren Aufenthalt bei Ihnen so genossen.«

Sandra lächelte. »Dann hoffe ich, daß Sie Fairchild House allen Ihren Freunden weiterempfehlen werden.«

»Aber selbstverständlich«, meinte Ernest zwischen zwei Bissen.

Die beiden pensionierten Lehrerinnen blieben noch bis zum Wochenende. Der Bankier und seine Frau wollten am übernächsten Tag abreisen. Sandra rechnete im Geist ihre Einnahmen zusammen und hoffte, daß sie ausreichten, um ihre nächsten Rechnungen zu bezahlen. Als sie Kaffee nachgeschenkt hatte, ging sie zurück in die Küche, um jetzt selbst zu frühstücken.

In den neun Monaten seit der Eröffnung ihrer Pension hatte Sandra nur durch Mundpropaganda überlebt. Immer wenn sie gemeint hatte, schließen zu müssen, hatte irgend jemand auf die Empfehlung eines früheren Gastes hin angerufen. Es gab einige bekannte kleine, gemütliche Hotels in San Francisco, aber Fairchild House war das neueste. Im nächsten Frühjahr hoffte Sandra, mit Anzeigen in Reisemagazinen werben zu können, doch in der Zwischenzeit lebte sie von der Hand in den Mund. Aber immerhin lebte sie.

Damals, als sie ihren langweiligen Job aufgegeben hatte und nach San Francisco gezogen war, war das Überleben für sie die Hauptsache gewesen. Ihre Verlobung mit Jason Hubbard war zu einem plötzlichen, unwiderruflichen Ende gekommen. Ihre Eltern hatten Sandra mit teilnahmsvollen Worten bedauert und sich dann wieder ihren verstaubten Büchern zugewandt.

Sie hing mit einer resignierten Zuneigung an ihren Eltern, und ihre Eltern würden jederzeit versichern, ihre Tochter zu lieben. Aber in ihrer Nähe fühlte Sandra sich immer wie das fünfte Rad am Wagen, besonders, da sie die Leidenschaft für Altertumsforschung, von der ihr Vater und ihre Mutter besessen waren, nicht teilte. Die Zuneigung ihrer Eltern war aufrichtig, wenn sie sich ab und zu einmal daran erinnerten, daß ihre Tochter existierte.

Kurz gesagt, kümmerte es sie nicht wirklich, was Sandra mit ihrem Leben anfing. Weder ihre Eltern noch Jason, den fröhlichen gutaussehenden Jason, in den sie sich verliebt hatte, und der ihr dann eines Nachts unbekümmert mitteilte, daß sie ihm zu temperamentlos wäre und er sich eine lebhaftere, aufregendere Frau wünschte.

Danach hatte Sandra gewußt, daß sie verkümmern würde, wenn sie ihr altes Leben wieder aufnahm, wenn sie nicht ganz neu anfangen würde.

Es war nicht leicht gewesen, aber mit dem Geld, das ihr Großvater ihr hinterlassen hatte, ihrem Wirtschaftsdiplom, ihrer Kochkunst und viel gutem Willen hatte sie es sich zur Aufgabe gemacht, etwas aus Fairchild House zu machen. Sie hatte massenweise Bücher über Antiquitäten verschlungen. Und wenn sie nicht gerade den Pinsel schwang oder Wände tapezierte, deckte sie sich bei Haushaltsauflösungen mit hübschen und nützlichen Dingen ein. Nach und nach hatte Sandra auf diese Art alle Räume des Hauses möbliert.

Ihre Leistung erfüllte sie mit heimlichem Stolz. Andere Frauen widmeten ihr Leben einem Mann und Kindern. Sie konnten es sich leisten, romantisch, unpraktisch und manchmal auch unselbständig zu sein. Weil sie sich darauf verließen, daß ihr Mann die Probleme schon lösen würde.

Sandra mußte nüchtern und sparsam sein und

allein zurechtkommen. Seit dem Tag, an dem sie erkannt hatte, daß ihre Eltern sich nicht für sie verantwortlich fühlten, hatte Sandra gelernt, für sich selbst geradezustehen. Es war sinnlos, darauf zu hoffen, wenigstens einmal, bevor sie zu einer alten Frau wurde, Zuwendung zu finden.

Warum sollte sie von etwas träumen, das doch nicht eintreten würde? War es nicht Energieverschwendung, darüber nachzugrübeln, warum sie kein Glück in der Liebe hatte?

Heute morgen schien sich ihr vernachlässigtes Gefühlsleben besonders bemerkbar gemacht zu haben. Lag es vielleicht am Wetter? Oder an diesem verwirrenden Mann oben?

Nicht auszudenken. Er gehörte zu ihrer besten Freundin, und selbst wenn das nicht der Fall gewesen wäre, hätte sich ein Mann wie Jeremy – attraktiv, selbstsicher, berühmt – nie zu einer – laut Jason – ›temperamentlosen‹ Frau wie ihr hingezogen gefühlt.

Trotzdem brauchte Sandra lange, bis sie den nötigen Mut fand, das Frühstückstablett wieder abzuholen.

Sie klopfte leise an die Tür, halb in der Hoffnung, Jeremy würde nicht antworten oder ihr nur zurufen, daß er beschäftigt sei und daß sie später wiederkommen solle. Doch sein »Herein« ertönte laut und deutlich.

»Ich störe Sie ungern bei der Arbeit«, sagte Sandra beim Eintreten. »Ich weiß, daß Sie nicht gern abgelenkt werden.«

Jeremy arbeitete nicht, sondern stand am Fenster,

die Hände in den Taschen seiner Jeans vergraben. Er hatte sich fertig angezogen. Sein Hemd war zugeknöpft – zumindest waren fast alle Knöpfe geschlossen, und er trug dieselben Turnschuhe wie letzte Nacht. Das Zimmer duftete nach einer herben Seife und einem frischen Toilettenwasser.

»Ich arbeite nicht«, sagte Jeremy und wies mit dem Kopf auf die verstreuten Blätter, zu denen sich noch einige zerknüllte Seiten gesellt hatten. Seine Brille lag neben der leeren Schreibmaschine. »Sind Sie immer noch in gefährlicher Stimmung?« Ein Lächeln flog über sein Gesicht.

Er spielte auf ihre heftige Reaktion von vorhin an, und Sandra errötete tief. »Es tut mir leid, wenn ich gereizt geklungen habe, aber wirklich, Mr. Madison, ich kann nicht . . .«

»Sandra, lassen Sie bitte den Quatsch mit Mr. Madison. Ich heiße Jeremy, ja?«

Sandra spürte die ersten Anzeichen von Unruhe. »In Ordnung, Jeremy. Wenn Sie mir erlauben, das Tablett zu nehmen, das Ihnen sicherlich im Wege ist, werde ich Sie allein lassen, damit Sie wieder arbeiten können.«

Ohne Jeremy anzublicken, trat sie zu dem Tisch, setzte die leeren Teller ineinander und wollte gerade das Tablett aufheben, als sie plötzlich eine warme Hand auf ihrem Arm spürte.

»Es tut mir leid«, raunte eine leise, vibrierende Stimme dicht an ihrem Ohr.

Sandra konnte keinen klaren Gedanken mehr fassen. Das Zimmer schien sich um sie zu drehen. »Ich erwarte keine Sonderbehandlung. Das Frühstück war vorzüglich.«

Jeremy hatte sie wieder losgelassen, aber Sandra

konnte sich immer noch nicht rühren. »Danke«, keuchte sie.

»Das Zimmer ist reizend.«

»Danke.«

»Ich habe so gut wie schon lange nicht mehr geschlafen.«

»Das freut mich.«

*Diese knappen Antworten sind großartig. Nur weiter so, und er wird bald genug haben.*

Es war, als hätten ihr Gehirn und ihr Mund den Kontakt zueinander verloren. Sandra war außerstande, eine zusammenhängende Antwort zu geben. Unmöglich, wenn Jeremy nur um Haaresbreite von ihr entfernt stand.

»Verzeihen Sie mir meine schlechte Laune. Ich möchte wirklich, daß Sie mich Jeremy nennen. Aber ich werde zum Wolf, wenn ich zu schreiben versuche, und es tut sich nichts. Die Worte wollen einfach nicht kommen.«

Sandra drehte sich um und sah in Jeremys braune Augen. »Warum nicht? Sind Sie an einer schwierigen Stelle?«

Um sich nicht selbst in Versuchung zu bringen, trat er einen Schritt zurück. Mehr konnte er nicht tun, um sich daran zu hindern, sie zu berühren, sie in seine Arme zu nehmen. »Ja, ich stecke fest. Warum haben Sie Ihr Haar aufgesteckt?«

Die beiden Sätze hatten so wenig miteinander zu tun, daß Sandra einen Moment brauchte, um sie zu begreifen. Dann hob sie schnell die Hand zu dem Knoten in ihrem Nacken. »Ist irgend etwas damit nicht in Ordnung?« fragte sie hastig. Waren vielleicht Haarnadeln zu sehen? Oder hatte sich eine Strähne gelöst?

»Nein, nein. Es ist nur ... nun, ich fand es letzte Nacht besser. Irgendwie weich und ... wild ... und sexy.«

Sandra schluckte schwer und löste ihren Blick von seinen faszinierenden Augen. »Nun ja, wild und sexy ist nicht gerade das, was sich die Gäste unter der Inhaberin eines Hotels vorstellen. Geschweige denn, was sie sich wünschen!«

»Ich glaube, Sie lassen die männlichen Gäste außer acht.« In seinen Augen tanzten spöttische Lichter.

Sandra straffte sich und drehte sich wieder zum Tisch um. »Ich muß arbeiten ...«

»Warten Sie!« unterbrach Jeremy sie, und sie fuhr überrascht herum. »Vielleicht können Sie mir kurz helfen.«

»Wobei?«

»Bei meinem Buch.«

»Ich habe keine Ahnung vom Schreiben.«

»Nicht schreiben. Ich muß etwas an einem weiblichen Körper ausprobieren.«

Bestimmt wäre es jetzt richtig, betroffen auszusehen, das Tablett zu ergreifen und schnell zu verschwinden. Statt dessen lachte Sandra. »Ich bin sicher, daß Sie es nicht so meinen, wie es sich anhört.« Sie wurde ein wenig rot. »Ich meine, Sie wissen bestimmt genug über weibliche Körper ...«

Jeremy sah zerknirscht aus und lachte auch. »Vielleicht sollte ich es anders ausdrücken. Gregory versucht, auf handgreifliche Art Informationen von der Heldin zu erhalten, verstehen Sie? Freiwillig rückt sie diese Informationen nicht heraus.«

»Wer ist Gregory?«

»Der Held. Und . . .«

»Und wie heißt sie?«

»Lisa. Es kommt also zu einem Handgemenge, und sie wehrt sich. Gregory liebt diese Frau und will ihr nicht weh tun. Ich möchte nun ausprobieren, wie weit er gehen kann, ohne Lisa weh zu tun. Verstehen Sie?«

»Hängt das nicht von Lisa ab? Ich meine, wenn sie durchtrainiert ist, wird man ihr nicht so schnell weh tun können.«

»Nein. Lisa ist weich und feminin. Schlank. Wie Sie.«

»Was . . .« Sandra räusperte sich. »Was soll ich tun?«

Jeremy nahm ihre Hand und zog sie vom Tisch fort. »Wir brauchen mehr Platz. Ich möchte nicht Ihr antikes Porzellan umwerfen.« Er ließ ihre Hand los und lockerte seine Muskeln wie ein Boxer vor der ersten Runde. »So. Ich habe Sie eben ein Flittchen genannt – tatsächlich habe ich ein etwas stärkeres Wort als Flittchen gebraucht – jedenfalls ein Mädchen, das sich jedem verkauft, Hauptsache, der Preis stimmt.«

»Und Sie sollen mich lieben?« Sandra schüttelte über ihre eigenen Worte erstaunt den Kopf. »Ich meine, und Gregory gibt vor, diese Frau zu lieben? Das verstehe ich nicht.«

»Er liebt sie auch, ist aber stinksauer, weil sie etwas weiß, das ihm bei der Ergreifung von Verbrechern helfen könnte. Aber sie will einen Onkel schützen, bei dem sie aufgewachsen ist und der zu der üblen Bande gehört.«

Jeremy holte aufgeregt Luft. »Also, ich habe Sie

mit diesem schlimmen Wort bezeichnet, und da Sie schon mehrmals mit mir geschlafen haben, sind Sie außer sich.«

Sandra fühlte sich beklommen, weil er die Geschichte in der ersten Person erzählte, nickte aber verstehend.

»Kommen Sie näher heran. Sie sind so fertig, daß Sie mich schlagen wollen.«

Sie blickte zu Boden, um ihn abzulenken, und ging dann mit erhobener Hand auf ihn zu. Im nächsten Augenblick spürte Sandra, daß sie herumgewirbelt wurde und mit dem Rücken gegen Jeremys Brust prallte. Die Hand, mit der sie den Schlag hatte vortäuschen wollen, hielt er gegen ihren Bauch gepreßt, während ihre andere Hand zwischen ihren Körpern eingeklemmt war.

Er drückte sie so heftig an sich, daß sich ihr Haarknoten löste.

»Jeremy«, stammelte Sandra überrumpelt und versuchte sich zu befreien. »Nicht so fest. Lassen Sie mich los.«

»Tue ich Ihnen weh?«

Sie schluckte. »Sie sind unfair. Sie hätten mir sagen müssen, was Sie vorhaben.«

»Tut mir leid, aber genauso hätte Lisa empfunden. Ich brauchte eine wirklichkeitsgetreue körperliche Reaktion von Ihnen. Tue ich Ihnen weh?« wiederholte er.

»Nein«, antwortete Sandra wahrheitsgemäß. Er tat ihr nicht weh, aber sie sah auch keine Möglichkeit zu entkommen. Arme Lisa. Wenn dein Romanheld Gregory Jeremy ähnlich war, mußte seine aufregende Nähe sie völlig kopflos machen.

»Was empfinden Sie?«

Sie hätte ihm erzählen können, daß sie schwach wurde, wenn er nicht aufhörte, sich so eng an sie zu pressen.

Sandra konnte ihn überdeutlich spüren. »Angst«, antwortete sie ausweichend. Die Gefühle, die er in ihr aufgewühlt hatte, waren erschreckend.

»Auch wenn Sie wissen, daß ich Sie liebe und Ihnen nicht wirklich weh tun möchte?«

»Ja«, hauchte sie und schloß die Augen. »Gehen Leidenschaft und Gewalttätigkeit nicht manchmal Hand in Hand?«

O Gott, wofür wollte er sie strafen? Sein heißer Atem an ihrem Hals verursachte erstaunliche Reaktionen in ihren Körper. Ihre Knie wurden weich. So ausgehungert nach Zärtlichkeit, wie sie war, fühlte sie sich wie eine Verhungernde, die gefesselt neben den verlockendsten Köstlichkeiten saß, ohne auch nur einen Bissen zu bekommen.

Sandras Ketten bestanden in ihrem Gewissen und ihrer Treue der besten Freundin gegenüber. Wenn die Ketten auch schwer zu zerreißen waren, an ihrem Verlangen änderten sie nichts. Sie wußte nicht, wie lange sie diesem Mann widerstehen konnte.

»Wenn Sie Lisa wären, was würden Sie tun?« fragte er.

Wenn sie Lisa wäre, würde sie ihm wahrscheinlich alles erzählen, was er hören wollte, und ihn dann anflehen, Liebe mit ihr zu machen. Sie würde die Knöpfe seines Hemdes öffnen, über diese muskulöse, behaarte Brust streicheln, mit der Zunge über ... Sie riß sich gewaltsam aus ihren Gedanken. Aber Jeremy erwartete etwas anderes von ihr, also versuchte sie, sich auf eine Antwort zu konzentrieren. »Ich weiß nicht. Ich würde wahrscheinlich kämpfen, und sei es nur meines verletzten Stolzes wegen.«

»Dann kämpfen Sie.«

Zuerst waren ihre Bewegungen zaghaft, dann wurden sie heftiger. Doch Sandra konnte Jeremy nicht abschütteln, er war zu kräftig, und ihre Bemühungen ergaben nur, daß sich ihre Körper in einer sinnverwirrenden, atemberaubenden Weise aneinanderrieben. Ein Knopf an ihrer Bluse sprang auf. Ihr Rock rutschte hoch, verdrehte sich um ihre Beine. »Es hat keinen Zweck«, keuchte Sandra. »Ich kann mich nicht befreien.«

»Sie werden mir alles erzählen, was ich wissen will?«

Sie stand ganz ruhig und nickte.

Langsam lockerte sich Jeremys Griff, und er ließ sie los. Im nächsten Augenblick wirbelte Sandra herum und trat ihm fest gegen das Schienbein. Schließlich sollte die Szene ja echt sein.

Jeremy schrie vor Schmerzen und Überraschung auf, erholte sich aber, bevor Sandra an ihm vorbeilaufen konnte. Er packte sie an den Schultern, stieß sie aufs Bett und warf sich auf sie.

Sie kämpfte jetzt wirklich. Mit aller Kraft wehrte sie sich, versuchte verzweifelt, sich zu befreien, doch Jeremy gelang es, ihre Hände neben ihren Kopf auf das Bett zu drücken und sie so festzuhalten. Er blieb fest auf ihr liegen.

Ihr angestrengtes Atmen erfüllte den stillen Raum, während Jeremy sich entspannte – sein Körper wurde schwer auf ihrem –, seinen Griff um ihre Handgelenke aber keinen Moment lockerte. Sein Gesicht war nur wenige Zentimeter von ihrem entfernt. Sie sah seinen vollen, sinnlichen Mund dicht vor sich.

»Sehr gut«, räumte er mit einem merkwürdigen Lächeln ein. »Sie wären fast davongekommen.«

Es fühlte sich wundervoll an, wie sein Gewicht sie auf die Matratze drückte. Bei jedem Atemzug preßten sich Sandras Brüste gegen Jeremys muskulösen Oberkörper. Seine Beine lagen zwischen ihren Schenkeln, und sie spürte zitternd, wie erregt er war. Dachte er jetzt an seine Romanheldin Lisa oder an sie?

»Gebe ich Ihnen die Informationen, nachdem Sie mich besiegt haben?« fragte Sandra atemlos.

»Ja«, flüsterte Jeremy rauh. »Schließlich und endlich.«

»Und was geschieht dann?« Ihre Stimme klang genauso brüchig wie seine.

Sein Blick glitt über ihren Hals, dann tiefer, zu der Stelle, wo sich noch mehr Knöpfe ihrer Bluse während des Kampfes geöffnet hatten. Ihre vollen Brüste wurden von einem spitzenbesetzten Büstenhalter gehalten. Seine Erregung nahm noch zu. Ob Sandra sie spürte?

Jeremy schloß die Augen und versuchte, sich nicht vorzustellen, wie seine Lippen über Sandras weiche Haut wanderten, wie seine Hände den Büstenhalter öffneten und seine Zunge ihre Brustwarzen berührte – sie umspielte. Als er die Augen wieder öffnete, erkannte er an Sandras Blick, daß sie das gleiche dachte wie er.

»Sie schlafen miteinander«, murmelte Jeremy tonlos.

Plötzlich schienen sie beide zur Besinnung zu kommen, handelten in wortloser Verständigung.

Sandra stieß einen Seufzer aus, ob aus unerträglicher Erregung oder aus Schuldgefühl, hätte keiner von ihnen sagen können.

Als Jeremy sich erhob, richtete sie sich blitzschnell auf und sprang aus dem Bett. Mit dem Rücken zu ihm ordnete sie ihre Kleider und zog die losen Haarnadeln aus ihrem Haar. Sie hörte den Stuhl knarren, als Jeremy sich hinsetzte.

In wenigen Sekunden hatte er ein Blatt Papier in die Schreibmaschine eingespannt, und die Tasten begannen rhythmisch zu klappern. Er ignorierte ihre Gegenwart.

Wenn er so tun konnte, als wäre nichts geschehen, dann konnte sie das auch! Sandra ging mit unbewegter Miene zum Tisch und nahm das Tablett.

»Vielen Dank für Ihre Hilfe.« Jeremys Stimme klang jetzt ganz ruhig.

»Gern geschehen. Hat es Ihnen etwas genützt? Kommen Sie mit der Szene jetzt voran?«

»Ich denke schon. Auf der anderen Seite war es vielleicht . . .«

»Was denn?«

Er schüttelte den Kopf. »Schon gut! Nicht so wichtig.«

Sandra trug das Tablett zur Tür.

»Ich werde für ein Weilchen fortgehen. Mittagessen ist im Zimmerpreis nicht enthalten, aber ich kann Ihnen . . .«

»Wo gehen Sie hin?«

»Zum Kai . . . um frische Krabben fürs Abendessen zu kaufen.«

Erfreut sprang Jeremy auf. »Ich leiste Ihnen Gesellschaft«, sagte er spontan.

# 3

»Das geht nicht.«

Sandras Einwand war so heftig, daß Jeremy sie überrascht anblickte.

»Warum nicht?« fragte er und versuchte erfolglos, seine Belustigung zu unterdrücken.

Sie suchte nach einer einleuchtenden Erklärung. »Sie müssen doch arbeiten. Deswegen sind Sie hier, um ungestört arbeiten zu können. Sonst wird Ihr Roman nie fertig.«

»Aber selbst Bestseller-Autoren«, – er verbeugte sich – »haben Anspruch auf einen freien Tag.« Sein

Lächeln brachte ihren Widerstand fast zum Schmelzen. »Ich habe mich hier noch nicht ganz eingelebt, verstehen Sie? Es ist eine fremde Umgebung. Obwohl sie sehr hübsch ist«, beeilte Jeremy sich hinzuzufügen. »Aber ich habe Schwierigkeiten, mich zu konzentrieren.« Das war alles Gerede, und sie wußte es, und er wußte auch, daß sie es wußte. Er versuchte es mit einer glaubwürdigeren Erklärung.

»Meine Beine brauchen Bewegung. Ich habe die ganze letzte Nacht im Flugzeug und dann im Taxi gesessen. Ich brauche frische Luft, um einen klaren Kopf zu bekommen. Außerdem habe ich Häfen schon immer geliebt. Die Atmosphäre der berühmten Fisherman's Wharf wird mich anregen.«

Sandra dachte, daß Anregung das letzte war, was er brauchte, aber das konnte sie nicht aussprechen, ohne einzugestehen, daß sie von seinem Verlangen nach ihr wußte. Genauso gut konnte sie ihm sagen, daß auch sie verrückt nach ihm war. Immerhin bestand die Möglichkeit, daß ihre Leidenschaft füreinander vergehen würde, wenn sie sie ganz einfach ignorierten.

»Wirklich Jeremy, wenn Sie ausgehen möchten, sollten Sie allein gehen. Ich habe Verschiedenes zu erledigen und . . .«

»Und zwei weitere Hände könnten nützlich sein«, ergänzte er. »Ich kann Ihnen beim Tragen helfen. Ich hole nur meine Jacke.«

Sandra fiel so schnell kein weiterer Einwand ein. Es war sowieso schon zu spät. Jeremy hatte seine Drillichjacke vom Garderobenhaken genommen und öffnete die Tür. »Soll ich abschließen?«

»Ja. Es kann nicht schaden, vorsichtig zu sein.«

»Sie sollten einen Mitarbeiter einstellen, damit

Sie nicht immer die ganze Zeit hier sein müssen«, meinte er, als sie die Treppe hinunterstiegen.

»Das wäre mehr als angenehm, aber leider kann ich mir keine Angestellten leisten.« Am Fuß der Treppe blieb sie stehen. »Warten Sie hier, bitte. Ich bin gleich wieder da.«

In ihrem Zimmer frischte Sandra hastig ihr Make-up auf. Nach dem erfolglosen Versuch, ihr Haar wieder ordentlich hochzustecken, murmelte sie: »Zum Teufel damit«, und beschloß, es offen zu tragen. Ihr Rock und ihre Bluse waren ein wenig zerdrückt, aber das machte nichts. Nachdem Sandra noch eine graublaue Popelinejacke angezogen hatte, ergriff sie ihre Tasche und überzeugte sich davon, daß sie ihre Einkaufsliste dabeihatte.

Jeremy lehnte wartend am Treppengeländer. »Fertig?« fragte er und warf einen anerkennenden Blick auf ihre glänzenden blonden Haare, bevor sie durch die Tür traten. Die winzige Garage an der Seite des Hauses war gerade groß genug für Sandras kleinen Wagen. »Steigen Sie ein«, forderte sie Jeremy auf.

»Sie machen wohl Witze«, erwiderte er trocken. »In diese Miniaturausgabe kann man sich nur hineinquetschen.«

Sandra lachte, als er sich auf den Beifahrersitz setzte und umständlich erst das linke, dann das rechte Bein nachzog.

Sie war an die engen Gassen von San Francisco und an die anderen Autofahrer gewöhnt, die Ampeln lediglich als farbenfrohe Dekorationen betrachteten und, wenn möglich, ganz mißachteten.

Als sie schließlich am Fischereihafen parkten, war Jeremy leichenblaß.

»Das war abenteuerlich. Zurück gehe ich lieber zu Fuß. Das ist mir sicherer.«

Sandra lachte ihn aus. »Kommen Sie. Wenn Sie schon unbedingt mitkommen mußten, können Sie sich auch nützlich machen.«

Er half ihr, frische Krabben auszusuchen, die mit dem letzten Fang hereingekommen waren. Sandra erledigte ihre übrigen Einkäufe, während sie über den Kai schlenderten, wurde aber immer wieder von Jeremy abgelenkt. Er bestaunte die vielen weißen Schiffe im Hafen, den herrlichen Blick auf die Bucht, den lauten, aber freundlich-hektischen Betrieb von Fisherman's Wharf. Am liebsten hätte er aus dem Unternehmen einen Vergnügungsausflug gemacht.

Später setzten sie sich in ein kleines Eiscafé, und Jeremy bestellte zwei große Schokoladenbecher. »Wie oft kommen Sie eigentlich heraus?« fragte er Sandra, während er voll Genuß sein Eis löffelte. »Ich meine, nur zum Spaß und zur Erholung und Entspannung, nicht wegen irgendwelcher Besorgungen für Fairchild House?«

»Nicht sehr oft«, meinte sie ausweichend.

»Wie oft?« beharrte er.

Sandra spielte mit dem kleinen Papierschirm, der im Eis gesteckt hatte. »Ich bin die Alleinerbin von Fairchild House. Zimmermädchen, Kellnerin, Buchhalterin, Chefköchin und Tellerwäscherin. Da bleibt nicht viel Zeit für Spaß und Erholung, wie Sie es nennen.«

»Heißt das, daß Sie sich nie einen Tag frei nehmen? Oder einen Abend? Sie gehen nie ins Kino?

Gar nichts? Fahren einfach mal zum eigenen Vergnügen über die Golden Gate?«

»Sie machen mich ganz traurig.« Sandra versuchte, mit einem Scherz über das Thema hinwegzugehen. Ihr Leben war bestimmt nicht leicht, aber sie wollte Jeremy einfach nicht wissen lassen, wie eintönig es wirklich war.

»Das ist doch einfach lächerlich Sandra. Sie müssen was dagegen tun.« Er legte seinen Löffel beiseite und betrachtete sie neugierig.

»Es ist nicht lächerlich, wenn einem nichts anderes übrigbleibt.«

»Stellen Sie eine Aushilfe ein.«

»Das kann ich mir noch nicht leisten.«

»Sie können es sich auch nicht leisten, sich in diesem Haus zu verkriechen und nie herauszukommen«, sagte Jeremy hitzig. Als er ihren betroffenen Gesichtsausdruck bemerkte, senkte er die Stimme. »Es tut mir leid. Natürlich geht es mich nichts an. Aber ich kann einfach nicht begreifen, warum sich eine so schöne Frau wie Sie vor dem Rest der Menschheit versteckt.«

Bei seiner nächsten Frage vermied er ihren Blick. »Gehen Sie nie mit Männern aus?«

»Selten.«

Lügnerin, schalt sie sich. Die richtige Antwort wäre ›Nie‹ gewesen.

Jetzt sah Jeremy sie wieder an, und ihr weiblicher Instinkt verriet ihr, daß er daran dachte, was sich am Morgen zwischen ihnen auf dem Bett abgespielt hatte.

»Hat es je einen Mann in Ihrem Leben gegeben? Einer, der Ihnen was bedeutet hat?«

»Ja«, antwortete Sandra leise. »Wir haben für dieselbe Firma in Los Angeles gearbeitet. Er war der Vertriebsleiter; durch und durch Geschäftsmann, tadellos gekleidet, beste Manieren und jede Menge strahlend weißer Zähne.«

Sie zögerte einen Moment, bevor sie fortfuhr: »Ich hatte gerade mein Examen gemacht, war kurz vorher in ein eigenes Apartment gezogen, fühlte mich unabhängig und war entschlossen, Karriere zu machen. Mit Jason konnte ich lachen, mich entspannen, das Leben genießen. Andererseits gewann er durch mich neue Einsichten darüber, was die Kundschaft wollte. Ich hörte ihm zu und machte Vorschläge, wenn er mit einem bestimmten Produkt Schwierigkeiten hatte. Bei aller Bescheidenheit glaube ich, daß meine Ideen nützlich waren und ihm in seinem Beruf geholfen haben.«

»Zweifellos.«

»Nach einer Weile« – Sandra hielt inne und befeuchtete sich die Lippen – »befanden sich in meinem Apartment mehr Sachen von ihm als von mir. Immerhin hatten wir vor, zu heiraten.«

Sie hätte Jeremy erzählen können, daß Jason ihrer ›Spießigkeit‹ wegen, wie er es nannte, langsam die Geduld verlor. Wie konnte eine moderne Frau mit Hochschulbildung darauf bestehen, daß sie erst mit einem Mann ins Bett ging, wenn sie mit ihm verheiratet war? Er hatte sie zum Weinen gebracht, hatte sie ausgelacht, hatte stundenlang auf sie eingeredet, bis es ihm schließlich gelungen war, sie zu überzeugen, daß sie egoistisch handelte, wenn sie sich seinen Wünschen widersetzte.

Jason war ein eifriger und glühender Liebhaber gewesen, aber Sandra hatte immer das Gefühl gehabt, daß er dabei nur an sich dachte. Jedesmal hatte er wissen wollen, wie er gewesen war und ob es mit ihm nicht besonders aufregend sei. Sie hatte immer gelächelt und ja gesagt, aber offenbar hatte ihm das nicht genügt. Immer ungeduldiger hatte er gefragt, aber Sandra hatte ihm nicht vorlügen können, daß sie sich wie im siebten Himmel fühlte, wenn sie mit ihm schlief. Irgend etwas mußte mit ihr nicht in Ordnung sein.

Also zog Jason aus. Seinen Hamster und den Diamantring, den er Sandra geschenkt hatte, nahm er mit. Sie war am Boden zerstört gewesen. Nicht so sehr, weil sie Jason verloren hatte, sondern wegen ihrer Niederlage, wegen des Gefühls, versagt zu haben. Warum fiel es den Menschen nur so schwer, sie zu lieben? Ihren Eltern? Jason?

»Und was passierte dann?«

Sandra zuckte zusammen, als Jeremy sie aus ihren Gedanken riß. »Eines Tages verschwand er einfach mit all seinen Sachen. Er hatte jemand Besseres gefunden.«

»Das bezweifle ich«, sagte Jeremy knapp. Sandra blickte auf und stellte überrascht fest, daß er ärgerlich die Stirn runzelte. »Sind Sie noch ... noch ...«

Sie lachte lautlos und schüttelte den Kopf. »In ihn verliebt? Nein. Es hätte nie geklappt mit uns. Irgendwann hätte er doch eine faszinierendere Frau getroffen ...«

»Warum, zum Teufel, müssen Sie so etwas sagen? Warum achten Sie sich so gering?«

Jeremy schleuderte ihr die Frage so heftig entgegen, daß sie den Faden verlor. Er war wirklich verärgert, und das erstaunte sie. »Haben sie in letzter Zeit einmal in den Spiegel geschaut? Wissen Sie, daß Ihr Haar wie Gold in der Sonne schimmert? Ihre Augenfarbe ist so ungewöhnlich, daß ich kaum die richtigen Worte finde, wenn ich sie beschreiben soll. Sie haben die dunkelsten, die längsten Wimpern, die sich eine Frau nur wünschen kann. Und Ihre Figur ist hinreißend, obwohl man an Ihrer Garderobe einiges tun müßte. Sie verbergen Ihren aufregenden Körper in altmodischen, unvorteilhaften Kleidern. Das ist es, was mit Ihnen nicht stimmt. Sie versuchen, sich vor sich selbst und allen anderen zu verstecken. Warum, verdammt noch mal, warum?«

Blaß und unfähig, etwas zu erwidern, starrte Sandra ihn wortlos an. Als Jeremy die Wirkung seiner Worte erkannte, gab er seine angespannte Haltung auf und lächelte verlegen. »Sie können mich noch einmal gegen das Schienbein treten, wenn Sie wollen. Es tut immer noch höllisch weh. Aber wenn Sie meinen, ich hätte es verdient . . .«

Seine Bemerkung vertrieb den gequälten Ausdruck aus Sandras Augen und zauberte ein Lächeln auf ihre Lippen.

»Sie hätten's mir geben sollen wie heute morgen, Sandra. Sie lassen sich nicht oft genug gehen. Lassen Sie Ihren Gefühlen freien Lauf, um Himmels willen. Kapseln Sie sich nicht so ein.«

»Ich werde mich anstrengen. Vielleicht können Sie mir Nachhilfeunterricht geben, solange Sie in Fairchild House sind.«

»Wann immer Sie wollen.« Jeremy grinste, aber sie waren beide daran erinnert worden, daß er erst seit einem Tag Gast im Fairchild House war. Beide fragten sich im stillen, wie sie die Zeit überstehen sollten und was sie Alicia sagen konnten, falls

Jeremy den Aufenthalt abbrechen mußte, weil er und Sandra sich ineinander verliebt hatten.

»Sie haben Ihr Eis nicht aufgegessen«, bemerkte Sandra ruhig, um das Schweigen zu brechen.

»Ich glaube, ich habe vor ein paar Tagen mehr als genug davon gegessen. Ich ging mit den Jungen Eis essen, während Alicia einkaufte. Der Eisanteil, der nicht in Davids Mund landete, bedeckte seine Hose oder tropfte von seinem Ärmel. Als wir nach Hause kamen, machte Alicia uns die Hölle heiß.«

»Das kann ich mir vorstellen.« Sandra stimmte in sein Lachen ein, aber es klang gequält. »Sie werden schon lernen, die Jungen sauber zu halten, wenn Sie erst verheiratet sind.«

»Ja. Vielleicht.« Jeremy starrte auf das geschmolzene Eis in seinem Becher.

Sandra blickte aus dem großen Fenster in der Nähe ihre Tisches. Er hatte zu regnen begonnen – nicht ungewöhnlich für San Francisco um diese Jahreszeit.

»Sind Ihre Bücher autobiographisch, Mr. Madison, oder reine Erfindung?«

Jeremy setzte sein Weinglas ab und winkte Sandra verstohlen zu. »Mrs. Lehmann, wenn mir all das, worüber ich schreibe, passiert wäre, würde ich längst nicht mehr leben.«

Die anderen am Tisch lachten zustimmend.

Die gratinierten Krabben waren köstlich gewesen. Sandra hatte mit den Essensvorbereitungen begonnen, sobald sie und Jeremy von ihrem Einkauf zurückgekehrt waren.

Bevor sie das Essen servierte, hatte sie noch geduscht und einen weichen schwarzen Wollrock und eine weiße Georgettebluse angezogen. Wiederholt hatte sie sich versichert, daß sie sich nicht sorgfältiger als sonst kleidete, aber sie wurde eines Besseren belehrt, als zwei der Gäste sich entzückt über ihr hübsches Aussehen äußerten. Sandra wurde rot und bedankte sich schüchtern, wobei sie Jeremys Blick angestrengt vermied.

Jeremy war in einem dunkelblauen Blazer und grauen Hosen zum Dinner erschienen, und sein Haar sah aus, als hätte er zumindest versucht, es zu bändigen. Während Sandra den ersten Gang auftrug, musterte sie ihn verstohlen.

Am liebsten hätte sie Jeremy berührt, als sie sich über ihn beugte, um ihm Salat zu servieren. Jeremy duftete sauber und männlich, auf eine Art, die sie an nackte, feuchte Haut nach einer Dusche denken ließ. Sandras Hand zitterte, als sie den Salatteller vor ihn hinstellte.

Sein Blick folgte der schmalen Hand und blieb dann an ihren Augen hängen. Als Jeremy sagte: »Vielen Dank, Mrs. Fairchild«, hätte das ebensogut heißen können: »Ich habe auch gerade daran gedacht, wie Sie wohl nackt aussehen«, und es hätte nicht intimer klingen können.

Bei Jeremys Anblick hatte eine der pensionierten Lehrerinnen die Hand ans Herz gedrückt und ausgerufen: »Jeremy Madison! Ich habe Sie schon einmal im Fernsehen gesehen. Du meine Güte, ich kann es gar nicht glauben! Ich habe alle Ihre Bücher gelesen! Sie sind großartig!«

Aufgeregt rannte sie in ihr Zimmer und holte aus ihrem Nachttisch einen Roman von Jeremy, in den er ihr bereitwillig eine Widmung schrieb. Verstohlen musterten die anderen Gäste ihn. Wie aufregend, einen so berühmten Schriftsteller in ihrer Mitte zu haben!

Jeremy ging freundlich und gelassen auf ihre vielen Fragen ein. Er unterhielt sie mit Anekdoten von seinen Reisen, die ihn durch die ganze Welt geführt hatten.

Während Sandra weiterhin das Essen auftrug, wußte sie, daß Jeremys Blicke ihr überallhin folgten.

»Wie wäre es mit Kaffee oder Brandy am Kamin im Salon?« fragte sie liebenswürdig, als das Essen beendet war. Ihre Gäste stimmten begeistert zu.

»Ich werde gleich servieren. Machen Sie es sich nur bequem.«

Als sie in der Küche vor der Anrichte stand, schwang auf einmal die Tür hinter ihr auf. Jeremy brachte ein mit schmutzigem Geschirr beladenes Tablett herein.

»Jeremy!« rief Sandra erstaunt. »Was tun Sie da?«

Er setzte das Tablett auf der Arbeitsplatte ab. »Ich helfe nur ein bißchen.«

»Lassen Sie das bitte.«

»Warum?«

»*Warum*? Weil Sie Gast sind. Was sollen die anderen denken?«

Die Linien um seinen Mund vertieften sich, und er stemmte die Hände in die Hüften. »Ich pfeife drauf, was sie denken.«

»Aber ich nicht.«

»Seit wann ist es ein Verbrechen, wenn ein Mann einer Frau ein schweres Tablett trägt? Können Sie mir das sagen?«

»In einem Restaurant würden Sie doch auch nicht Ihren Tisch abräumen, oder?«

»Ach, zum ...« Er murmelte einen der Lieblingsausdrücke seiner Romanhelden. »Ich bin Ihr Gastgeberinnen-Getue endgültig leid. Das mag vielleicht den anderen gefallen«, er deutete mit dem Kopf in die Richtung des Salons, »aber ich erwarte das nicht. Sie sind lediglich Kunden.«

»Das sind *Sie* auch«, stieß Sandra hervor. Ihre Brüste bebten unter der zartesten, elegantesten Wäschegarnitur, die sie besaß. Jeremys Blicke bohrten sich durch den Stoff ihrer Bluse, als wollte er ihn wegbrennen.

»Sie haben wunderschöne Brüste«, sagte er unvermittelt. »Sie zittern. Warum, Sandra?«

»Oh.« Schützend kreuzte sie die Arme vor der Brust und versuchte verzweifelt, ihre Fassung zu bewahren. »Reden Sie nicht so mit mir. Ich müßte Sie sonst bitten, Fairchild House zu verlassen, was ich mit jedem Gast täte, der ...«

»Gast! Alles reiner Selbstschutz. Und was ist mit einem Mann? Einem Mann, der einer Frau sagt, daß er sie von Stunde zu Stunde mehr begehrt, daß sie wunderschöne ...«

»Hören Sie auf, oder Sie müssen abreisen!« Sandra schoß die Röte ins Gesicht, und sie drehte Jeremy den Rücken zu. »Auch Sie sind hier Kunde, Jeremy, nichts weiter«, stieß sie hervor. »Nur ein zahlender Gast.«

Er murmelte einen Fluch und verschwand verärgert.

Sandra brauchte mehrere Minuten, um sich so weit zu beruhigen, daß sie das schwere Tablett in den Saal tragen konnte. Sie wußte, daß ihre Aufforderung, Jeremy müßte abreisen, eine leere Drohung gewesen war, hoffte aber, Jeremy würde anders denken. Die Situation wurde langsam unerträglich und gefährlich für sie beide.

Dieses Spielchen, das sie – angeblich für Jeremys Roman – in seinem Zimmer getrieben hatten, die Blicke, die sie tauschten ... Das alles konnte verheerende Folgen haben. Für sie, für Jeremy, für Alicia und für die Jungen. Es war notwendig gewesen, daß sie Jeremy ihren Standpunkt deutlich klargemacht hatte. Sie mußte ihm die Gewißheit geben, daß er nichts Besonderes war, sagte Sandra sich, als sie durch die Halle ging.

Jeremy kniete vor dem Kamin, als sie eintrat, und schichtete Holzscheite auf das lodernde Feuer. »Mr. Madison«, sagte sie mit einem festen Lächeln, »Sie hätten sich nicht bemühen sollen.«

»Keine Ursache, Mrs. Fairchild. Ich fühle mich bei Ihnen so sehr zu Hause, daß ich gar nicht darüber nachgedacht habe.« Seine Worte waren reiner Sarkasmus, was anscheinend nur Sandra auffiel. Die anderen nickten zustimmend, als gäbe er lauter Weisheiten von sich. Außerdem würden sie es bestätigen. Man konnte sich bei Sandra Fairchild wie zu Hause fühlen.

Sandra verließ den Raum und bot den Gästen an, die Kaffeekanne wieder aufzufüllen, falls sie es wünschten. Wieder in der Küche, räumte sie das Geschirr in die Spülmaschine und brachte den Speiseraum in Ordnung, um für das Frühstück zu decken.

Mit einem freundlichen Lächeln kehrte sie in den Salon zurück, fand ihn aber zu ihrer Erleichterung verlassen vor. Nachdem Sandra das große Tablett in die Küche zurückgebracht hatte, sah sie noch einmal nach dem Feuer und vergewisserte sich, daß die Türen verschlossen und alle Lichter gelöscht waren. Danach ging sie in ihr Zimmer.

Sandra hatte sich bis auf ihr Höschen ausgezogen, als sie ein schwaches Klopfen an der Tür ihres Schlafzimmers vernahm.

»Ja? Wer ist da?« Es war eine überflüssige Frage. Sie wußte genau, wer es war.

»Ich bin's.«

Sie erstarrte. »Gehen Sie, Jeremy, bitte!«

»Ich muß mit Ihnen reden.«

»Sie können nicht hereinkommen!« rief Sandra leise. »Bitte gehen Sie, bevor Sie jemand hört oder sieht. Sie bringen mich in Verlegenheit.«

»Dann treffen Sie sich mit mir im Salon.« Nach einer Pause fügte er hinzu: »Wenn Sie in fünf Minuten nicht dort sind, komme ich wieder.«

Sie wußte, daß es verrückt war, ihm nachzugeben, aber noch mehr hatte sie Angst davor, er könnte seine Drohung wahrmachen.

Schnell schlüpfte Sandra in den Morgenmantel, den sie am Abend zuvor getragen hatte, zog ein paar leichte Hausschuhe an und tastete sich leise durch die dunkle Halle zum Salon. Sie hatte gerade ein paar Schritte in den Raum hineingemacht, als Jeremy wie aus dem Nichts vor ihr auftauchte und sie sanft gegen die Wand drängte.

»Sandra, Sandra«, flüsterte er atemlos und berührte mit seinen Lippen ihre Wange.

»Nein, Jeremy.« Der Schein des heruntergebrannten Feuers ließ sein Haar golden aufleuchten. Sandra wurde fast schwindlig vor Verlangen. Sie wollte ihn umarmen, ihn streicheln, ihn küssen, doch der Gedanke an die allgegenwärtige Alicia ließ sie bewegungslos verharren.

Plötzlich hob Jeremy den Kopf.

»Ich war den ganzen Tag lang brav und habe nichts getan, wofür ich mich schämen müßte. Ich habe den ganzen Nachmittag an dieser verdammten Schreibmaschine gesessen und keinen einzigen Satz zu Papier gebracht, denn meine Gedanken drehten sich nur um Sie . . .«

»Nein . . .«

»Doch!« Sein Atem roch, als hätte er mehr Brandy als Kaffee getrunken. Vielleicht war sein Gesicht deswegen so heiß und gerötet. Oder lag es gar nicht am Brandy? Mit leisem Stöhnen preßte Jeremy seine Hüften gegen sie. »Ich kann nur noch an Sie denken, seit Sie mir letzte Nacht die Tür geöffnet haben. Ich habe gar nichts getan, als mir vorzustellen, wie Sie unter mir liegen, mich lieben.«

»Hören Sie auf«, flehte Sandra. »Reden Sie bitte nicht weiter. Bitte. Seien Sie vernünftig. Denken Sie doch nach, Jeremy. Was ist mit Alicia, mit David und Adam? Sie verlassen sich auf Ihre Liebe. Sie brauchen Sie.«

»Und ich brauche Sie«, erwiderte er und drückte sie noch enger an sich. »Ich brauche *Sie*.«

Sandra schmeckte Blut, als ihre Zähne sich in ihre Unterlippe gruben. Tränen drangen durch ihre geschlossenen Lider. Sie wußte selbst nicht, woher sie die Kraft nahm, aber irgendwie schaffte sie es, sich von Jeremy loszumachen.

»Sie können mich nicht haben«, sagte sie schwer atmend und befreite sich aus seiner Umarmung.

»Das wissen Sie doch. Und ich weiß es auch. Bitte, lassen Sie so etwas nicht noch einmal passieren. Bitte, Jeremy.«

Weinend flüchtete sie durch den Flur in die Sicherheit ihres Zimmers.

Während der nächsten paar Tage sah Sandra Jeremy nur zu den Mahlzeiten. Sie wartete immer, bis er ausgegangen war, ehe sie seine Bettwäsche und Handtücher wechselte. Bei einer dieser Gelegenheiten konnte sie dem Drang nicht widerstehen, seine im Zimmer verstreuten Sachen in den Schrank zu hängen. Es lieferte ihr einen Vorwand, etwas anzufassen, das ihm gehörte und das er berührt hatte. Sie wußte um ihren Selbstbetrug, aber sie redete sich ein, daß es ihr Ordnungssinn war, der sie veranlaßte, seine Sachen in den Schrank zu hängen.

Jeremy war höflich, aber zurückhaltend. Als der Bankier mit seiner Frau und die beiden Lehrerinnen abreisten, trafen an ihrer Stelle zwei Paare aus Iowa ein. Jeremy wurde sofort erkannt – und mit Beschlag belegt. An den Abenden entschuldigte er sich entweder und suchte sein Zimmer auf, oder er ging aus und kehrte erst Stunden später zurück.

»Mr. Madison«, rief Sandra eines Nachmittags aus der Küche, als sie seine ihr schon vertrauten Schritte an der Eingangstür hörte. Er blickte ihr von der Treppe entgegen, als sie herauskam. Sie hatte gerade einen Berg von Servietten und Tischdecken gebügelt, und die Hitze des Bügeleisens hatte ihre Wangen stark gerötet.

»Alicia hat angerufen. Sie bittet Sie, zurückzurufen.«

»Irgend etwas nicht in Ordnung?«

»Nein«, antwortete Sandra atemlos. Zum ersten Mal seit Tagen sah sie ihm wieder in die Augen und roch den herben Duft seines Rasierwassers. Wo er wohl gewesen war? »Ich glaube nicht. Sie können das Telefon in meinem Büro benutzen.«

Sandra führte ihn in den winzigen Raum und ging dann zur Tür.

»Sie können gern dableiben.« Er warf ihr einen Blick zu.

»Ich bin sicher, daß Sie und Ihre Verlobte Privates zu besprechen haben.« Sandra bedauerte das Telefon, als Jeremy den Hörer ergriff und wütend Alicias Nummer wählte.

Sie hatte einen Stapel frischer Laken nach oben zum Wäscheschrank gebracht und stieg gerade die Treppe hinunter, als Jeremy ihr entgegenkam. »Sind Sie durchgekommen?«

»Ja. Sie wollte wissen, was mein Buch macht.«

»Und was *macht* Ihr Buch?«

»Es ist ein Haufen Mist«, schimpfte Jeremy, als er die Treppe weiter hinaufstieg, ohne seinen Schritt zu verlangsamen.

# 4

Sandra hatte sich gut in der Gewalt, und keiner der Gäste konnte etwas von der Spannung und der Unruhe in ihrem Innern spüren. Aber wenn sie nachts in ihr Zimmer ging, rollte sie sich immer fest unter ihrer Decke zusammen und versuchte, nicht an das rasende Verlangen ihres Körpers zu denken. Jede Stelle ihrer Haut schien nach Jeremys Berührung zu schreien.

Sie konnte weder die Leidenschaft seiner Umarmung vergessen noch die Zärtlichkeit seiner Hände. Sein Atem hatte heiß und drängend ihre Haut gestreift, als er in jener Nacht ›Ich brauche Sie‹ in ihr Ohr geflüstert hatte. Auch ohne diese Worte wäre ihr das klar gewesen. Sie hatte sein Verlangen hart und deutlich an ihrem Körper gespürt. Wie würde es wohl sein, wenn er . . .

Tagsüber verrichtete sie ihre Arbeiten mechanisch. Als sie eines Abends – die Gäste waren schon zu Bett gegangen – die Küche aufräumte, drehte sie sich erschrocken um, als sie hinter sich ein Geräusch hörte.

Jeremy stand in der Tür. »Ich wollte Sie nicht erschrecken.«

»Ich . . . ich dachte, Sie wären oben.« Er hatte das Sportjackett abgelegt, das er immer zum Dinner trug. Sein Hemd war nur nachlässig zugeknöpft.

»Das war ich auch. Ich habe furchtbare Kopfschmerzen und wollte fragen, ob Sie vielleicht Aspirin oder so etwas haben.«

»Ja, ja, natürlich.« Sandra verfluchte den atemlosen Klang ihrer Stimme. Warum konnte sie nicht kühl, gelassen, aber teilnahmsvoll klingen? Warum konnte sie ihm nicht sein verdammtes Aspirin holen, ohne weiche Knie zu bekommen? »Es liegt in meinem Badezimmer.«

In weniger als einer Minute war sie wieder mit einer Auswahl verschiedener rezeptfreier Schmerzmittel zurück. »Kein Wunder, daß Sie Kopfschmerzen haben.« Fragend hob er die Augenbrauen, ging aber auf ihre Bemerkung nicht weiter ein.

»Das hier wird mir schon helfen.« Jeremy griff nach einer Flasche mit Aspirin und schüttelte zwei Tabletten in seine Hand. »Wasser?«

Sandra lief zum Schrank und nahm ein Glas heraus, um es mit Wasser zu füllen. Jeremy legte die beiden Tabletten auf seine Zunge und spülte sie mit Wasser hinunter.

»Danke«, sagte er, als er das Glas absetzte.

»Ich hoffe, es hilft gegen Ihre Kopfschmerzen.«

»Sandra!«

Er wandte sich ihr zu, und die gelassene Gleichgültigkeit, die höfliche Distanziertheit fielen von ihm ab, als er ihr die Hände auf die Schultern legte. »Sandra«, wiederholte er weich und ließ seinen Blick über ihr Gesicht wandern, »wir haben da ein schwerwiegendes Problem.«

»Ein schwerwiegendes Problem?« Ihre Stimme war hauchdünn.

»Ja.«

»Mit Ihrem Zimmer? Ihren Kopfschmerzen? Ihren . . .«

»Sie wissen nicht, welches Problem ich meine?« Die leise, samtene Stimme streichelte ihren Körper und wärmte sie.

Sandras Augen füllten sich mit Tränen. Ihre Lippen begannen zu zittern, und sie schüttelte hilflos den Kopf. »Nein.«

»Doch, du weißt es«, entgegnete Jeremy, und warm und fest schlossen sich seine Lippen über ihren.

Sandra verlor jedes Gefühl für Zeit, Raum und Entfernung, für Recht und Unrecht. Dies hatte sie sich gewünscht. Vom ersten Moment an, seit sie Jeremy an der Türschwelle gesehen hatte, hatte sie sich danach gesehnt, daß er sie so küßte, daß seine Hände auf diese verwirrende Art über ihren Körper glitten. Seine zärtlichen Worte zwischen zwei Küssen, seine hingebungsvollen Seufzer waren die Musik, nach denen ihre Ohren sich gesehnt hatten.

Ihr unbändiges Verlangen nach ihm erstickte den letzten Rest ihres Gewissens.

Sie hatte nicht die Kraft, dieser alles verzehrenden Leidenschaft zu widerstehen. Seit sie sich zum ersten Mal gesehen hatten, hatte diese Leidenschaft unausweichlich und unwiderruflich an Stärke gewonnen. Es gab keine Möglichkeit, ihr zu entkommen oder sich dagegen zu wehren, und Sandra konnte sich nur noch von dem Zauber dieses Augenblicks mitreißen lassen.

»Jeremy, Jeremy«, schluchzte sie und vergrub ungestüm ihre Finger in seinem Haar. Ihr Körper schien zu schweben, ihre Sinne waren tausendfach geschärft, und ihr Herz war erfüllt von Liebe. Ja, Liebe! Sie liebte Jeremy, und seine Blicke, seine Berührungen, seine Küsse verrieten ihr, daß er genauso empfand.

»Ich kann es einfach nicht glauben!« stammelte sie, an ihn geschmiegt.

»Ich weiß, Liebes, ich weiß. O Gott, es ist wunderbar. Ich wußte, daß es so sein würde.«

Geschickt öffnete er die Knöpfe an Sandras Bluse und streifte sie ihr über die Schultern. Ihr Büstenhalter bestand aus einem glänzenden, hautfarbenen Material, das wie eine zweite Haut saß. Fest drängten sich ihre Brustwarzen gegen den weichen Stoff. Jeremys Augen wurden dunkel vor Verlangen. Er streckte seine Hand aus, hielt aber mitten in der Bewegung inne.

»Bitte«, flehte sie heiser. »Bitte, berühre mich.«

»Du bist schön.«

Sanft streichelte er ihre Brüste, kostete mit seinen Fingern die süße Rundung aus. Ihre Spitzen fand er noch aufregender als in seiner Phantasie, aber mindestens genauso empfindlich, als er wieder und wieder seine Daumen darüber gleiten ließ, bis ihre Brustwarzen hart waren.

Er küßte sie, hauchte sie mit seinem warmen Atem an, nahm sie zwischen seine Lippen und machte Sandra damit fast wahnsinnig vor Verlangen. Ihr Atem kam in schnellen, rauhen Stößen.

Rastlos zerrte sie an den Knöpfen seines Hemdes. Als sie endlich geöffnet waren, ließ Sandra ihre Finger durch das dichte Haar auf seiner Brust gleiten. Unbeschreibliche Empfindungen überwältigten sie, als sie jede Einzelheit erforschte, die festen Konturen seiner Muskeln, seine kleinen harten Brustwarzen, seinen flachen Bauch.

Jeremy schmiegte sein Gesicht zwischen ihre Brüste und atmete tief Sandras Duft ein. »Du bist schön«, flüsterte er wieder. Sanft ergriff er ihre Hand und führte sie langsam tiefer, dorthin, wo sich seine Erregung konzentrierte.

»Ich will dich haben, Sandra, ich will in dir sein. Ganz tief.«

Wieder fanden sich ihre Lippen, und seine Zunge drang in ihren Mund ein, stieß vor, zog sich wieder zurück, bis Sandra schwindlig vor Verlangen war. Plötzlich streifte Jeremy ihren Rock hoch und glitt mit seiner Hand zwischen ihre Schenkel. Sandra drängte sich ihm entgegen, während ihre Lippen stumm seinen Namen bildeten.

Völlig unerwartet löste Jeremy sich von ihr und trat schnell zurück.

»Verdammt«, fluchte er leise und holte tief Luft. »Verdammt!«

Als er Sandras verstörten Gesichtsausdruck bemerkte, streckte er die Hand aus und strich mit einer zärtlichen Geste über ihre Wange. »Es tut mir leid, Sandra, so aufzuhören, aber ich kann es einfach nicht tun.«

Verzweiflung stieg in ihr auf. Enttäuschung! Schmerz! Mit einem erstickten Laut schlug sie seine Hand herunter.

»Faß mich nicht noch einmal an«, stieß Sandra hervor, als Jeremy sie wieder an sich ziehen wollte. Mit ausgestreckten Armen wehrte sie ihn an. »Laß mich allein.«

Er war wie betäubt von ihrer Reaktion. »Sandra, ich . . .«

»Erklärungen sind unnötig. Wenn du nicht aufgehört hättest, hätte ich es getan«, sagte sie und bückte sich, um ihre Bluse aufzuheben. »Du hast vollkommen recht. Wir können es nicht tun. Ich weiß nicht, was mit mir los war, ich . . .« Ihre Stimme erstarb, und sie kämpfte mit den Tränen. »Du . . . Alicia . . . ich hätte dich nie küssen sollen.«

»Wovon, zum Teufel, sprichst du überhaupt?« fragte Jeremy erstaunt.

Verständnislos starrte Sandra ihn an.

»Ich konnte wegen meiner Phantasien, wegen meiner . . . erotischen Vorstellungen nicht weitermachen«, brachte Jeremy hervor. »Das mußt du doch verstehen.«

»Was? Phantasien?«

»Ach, zum Teufel!« Jeremy ließ sich auf einen Stuhl am Tisch fallen und verbarg das Gesicht in den Händen. Bewegungslos starrte Sandra ihn an und wünschte sich, sie könnte erstarren, ohne je eine Entscheidung treffen zu müssen, ohne sich je vom Fleck bewegen zu müssen, wünschte, sie könnte all ihre Gefühle für immer abtöten.

Schließlich hob Jeremy den Kopf und sagte erschöpft: »Setz dich, Sandra, damit wir miteinander reden können.«

»Nein. Ich will nicht . . .«

»Hör doch einmal auf, mit mir zu streiten«, bat er. »Setz dich nur hin und höre mir zu. Wenn ich beendet habe, kannst du immer noch gehen.«

Wortlos nahm sie ihm gegenüber Platz.

»Am Morgen nach meiner Ankunft hing ich oben im Zimmer meinen Träumen nach«, begann Jeremy. »Ich weiß, daß es albern ist, aber als Schriftsteller verbringe ich eine Menge Zeit mit Tagträumen und stelle mir vor, was meinen Romanfiguren alles widerfahren könnte. Jedenfalls war diesmal ich die Hauptfigur, und ich sah uns beide zusammen, hier in diesem Raum, und wir taten das, was wir eben beinahe getan hätten. Ich war wie verrückt nach dir, ich bin es noch, ich will . . .«

Sandra schluckte und starrte auf den Tisch.

Jeremy grinste schüchtern. »So, wie ich es in meinem Traum gemacht habe, möchte ich nicht, daß es in Wirklichkeit passiert. Wenn ich zum ersten Mal mit dir schlafe, will ich nicht, daß wir wie zwei Tiere übereinander herfallen. Ich möchte, daß alles stimmt, daß wir nackt sind und reichlich Zeit haben, um uns zu lieben.«

Sandra schüttelte den Kopf. »Nein, Jeremy. Sprich nicht von . . . davon. Es darf einfach nicht geschehen, egal, unter welchen Umständen.«

»Sandra, irre ich mich etwa?« fragte Jeremy gequält. »Hast du dich nicht in mich verliebt?«

Sie hob den Kopf. Jeremys Blick war ängstlich

und unsicher. In ihren Augen schwammen Tränen, lösten sich und liefen ihre Wangen hinunter, als sie nickte. »Doch, doch, doch!«

Glücklich griff Jeremy nach Sandras Hand. »Jedesmal, wenn ich dir nahe kam, habe ich mich wie ein Sexprotz benommen. Ich habe dich gegen Wände gedrängt, dich aufs Bett geworfen und dort festgehalten, und du glaubst mir bestimmt nicht, daß ich wirklich nichts im Schilde führte, als ich heute abend herunterkam. Ich habe keine Kopfschmerzen vorgeschützt, um in der Küche über dich herzufallen. Das schwöre ich! Aber ich kann nicht anders, wenn ich dich nur sehe. Du erregst mich, Sandra.«

»Du bist nicht über mich hergefallen.«

Er lächelte wieder und ließ seinen Blick über ihr Gesicht und ihr zerzaustes Haar wandern. »Ich bin ein Mann, Sandra. Wie jeder ehrliche Mann zugeben würde, bin ich schon abgewiesen worden. Trotzdem hatte ich mehr als genug Frauen in der ganzen Welt. Ich habe sie ziemlich rücksichtslos und schnell zu meiner eigenen Befriedigung benutzt. Es hat mich selten gekümmert, ob ich sie überhaupt je wiedersah.«

Jeremy drückte Sandras Hand. »Aber diesmal ist es anders. Glaub mir, das hier ist nicht bloßes sexuelles Verlangen. Ich möchte nicht, daß du glaubst, ich wäre nur verrückt nach deinem Körper, und du kämst mir gerade recht, um ein paarmal mit dir in die Federn zu steigen, als wäre es im Zimmerpreis inbegriffen.«

Sandra errötete und schaute weg. »Das habe ich auch nicht gedacht. Aber woher willst du wissen, daß *ich* nicht auf eine kurze Affäre mit einem attraktiven Mann aus bin?«

An Jeremys Augenwinkeln bildeten sich feine Fältchen, als er lächelte. »Weil du etwas Besonderes bist. Weil du noch rot werden kannst, wenn ich bestimmte Sachen sage.«

Ihr gemeinsames Lachen erfüllte den stillen Raum und kapselte sie in ihrer eigenen Welt ab.

»Jetzt schreibe ich schon seit Jahren über etwas, wovon ich keine Ahnung habe«, gestand Jeremy.

»Und das schlimmste ist, ich wußte es nicht einmal, daß ich keine Ahnung habe.«

Er erhob sich vom Tisch und lehnte sich neben das Spülbecken. »Jeder meiner Romane enthält eine Liebesgeschichte, mitunter eine Dreiecksgeschichte, aber immer eine Art von leidenschaftlicher Beziehung zwischen Menschen. Jetzt weiß ich, daß ich immer über Liebe geschrieben habe, ohne je zu wissen, wie es ist, wirklich verliebt zu sein.«

Jeremy sah Sandra an. »Seit ich dich kenne, weiß ich, wie es ist. Jetzt bin ich unzufrieden mit allem, was ich bisher geschrieben habe, weil es nichts aussagt über die Hingabe eines Mannes an die Frau, die er liebt. Gregory liebt dieses Mädchen wirklich, und der Gedanke, sich von ihr . . . sich von ihr . . .«

». . . sich von ihr trennen zu müssen, bringt ihn um«, ergänzte Sandra leise.

»Darüber will ich nicht nachdenken«, sagte Jeremy.

Sandra stand auf. »Das müssen wir aber, Jeremy. Du bist mit meiner besten Freundin verlobt, dem einzigen Menschen, der sich je wirklich für mich interessiert hat. Ich war heute abend nahe daran, diese Freundin zu hintergehen, und das will ich nicht noch einmal riskieren. Ich mag Alicia sehr. Sie ist zu wertvoll für mein Leben.«

»Verdammt, ich mag sie auch«, schrie er. Dann fügte er leiser hinzu: »Sie ist auch meine Freundin, Sandra. Und wie eine Freundin liebe ich sie. Aber mit dir ist es . . .«

Sandra hielt sich die Ohren zu. »Nein. So etwas solltest du nicht zu mir sagen. Ich kann das nicht zulassen.«

Jeremy trat zu ihr und zog sanft ihre Hände herunter. »Vielleicht nicht, aber du wirst es dir anhören. Ich finde Alicia großartig, ein bißchen launisch und verantwortungslos vielleicht, aber auch sehr charmant. Sie war Jims Frau, und sie hat meinen besten Freund glücklich gemacht. Das war Grund genug für mich, sie zu mögen.«

Er räusperte sich. »Und ich bat sie, mich zu heiraten, weil es für uns beide angenehm gewesen wäre, Sandra. Sie und die Jungen brauchen einen Ernährer. Wegen Jim fühlte ich mich verpflichtet, mich um sie zu kümmern. Für mich ist es langsam an der Zeit, Frau und Kinder zu haben. Nur deswegen bat ich Alicia, mich zu heiraten. Ich weiß, daß sie Jim noch immer liebt und habe ihr nie irgendwelche romantischen Gefühle entgegengebracht.«

Sandra befreite sich aus seinem Griff und wandte sich ab. »Aber du . . . du wirst mit ihr schlafen, sobald ihr verheiratet seid.«

Jeremy ließ sich mit der Antwort viel Zeit. »Ich wünsche mir zumindest ein eigenes Kind«, sagte er schließlich leise. »Wenn ich heirate, habe ich die Absicht, jede Nacht mit meiner Frau zu schlafen.«

Gequält schloß Sandra die Augen und wünschte sich, sie wäre plötzlich taub und könnte ihn nicht hören. »Natürlich wirst du das. Es war eine dumme Feststellung von mir.«

»Aber möglicherweise wäre nicht Alicia meine Frau.«

Sandra riß die Augen auf. »Aber selbstverständlich wird sie deine Frau sein.«

»Nicht unbedingt.«

»Und ob.«

»Wie kannst du das sagen, nach dem, was zwischen uns vorgefallen ist, Sandra? Wie kannst du auch nur annehmen, ich könnte Alicia jetzt noch heiraten?«

»Und wie kannst du etwas anderes annehmen?« fragte Sandra erregt. »Jeremy, sie vertraut mir. Sie hat dich sogar hierher geschickt.«

»Es war verrückt von ihr.«

Sie überhörte das versteckte Kompliment in seiner Bemerkung. »Nein, das war es nicht. Keine von uns hat der anderen je einen Grund gegeben, ihr nicht zu vertrauen. Und wenn die Situation umgekehrt wäre? Wenn Alicia gestorben wäre, und ich wäre mit Jim verlobt? Könntest du mich ihm wegnehmen?«

Jeremy unterdrückte einen Fluch. »Das ist nicht dasselbe.«

»Das ist genau dasselbe. Alles ist nur passiert, weil wir im Moment im gleichen Haus wohnen und unserer Vorstellungskraft freien Lauf gelassen haben. Du hast als Schriftsteller natürlich eine romantische Ader. Ich bin einsam, habe jahrelang allein gelebt. Wenn du erst wieder zu Alicia und den Jungen zurückkehrst . . .«

»Quatsch, Sandra. Jetzt bist du unehrlich. Traust du mir nicht zu, daß ich weiß, was ich will? Ich hätte dich in einem Supermarkt treffen können oder in einem Aufzug oder sonstwo, und du wärst mir genauso vertraut gewesen wie an dem Abend, als du mir die Tür geöffnet hast.«

»Alicia wird dir eine wunderbare Frau sein«, sagte Sandra verzweifelt. Sie wußte, daß Jeremy recht hatte, aber es war ihr auch klar, daß sie ihm eigentlich nicht hätte zuhören dürfen. Sie durfte ihm keine Hoffnung geben.

»Zweifellos, aber wird sie für *mich* wunderbar sein? Sie kann zum Beispiel nicht verstehen, daß ich allein sein will, wenn ich arbeiten muß. Wenn sie hier wäre, würde sie alle zehn Minuten an meine Tür klopfen...«

»Hör auf!«

»Nein. Du hörst jetzt zu. Die Frage ist doch auch: Wäre ich gut für Alicia? Ich muß mit jemandem reden können. Diskutieren. Oft. Mit jemandem, der zuhören kann. Ich meine, *wirklich* zuhören. Du kannst das. Wie an dem Abend, als ich ankam. Du hast am Tisch gesessen und mir zugehört, mir deine volle Aufmerksamkeit geschenkt und mich nicht mit Dingen abgelenkt, die du tagsüber erlebt hast...«

»Verdammt, Jeremy!« Sandra runzelte ärgerlich die Stirn. »Bitte hör auf, in meiner Gegenwart die Frau zu kritisieren, die du heiraten wirst. Wie es Männer tun, wenn sie eine Frau in einer Bar aufgabeln und sie einzuwickeln versuchen, damit sie mit ihr schlafen können. ›Meine Frau versteht mich nicht.‹ Fällt dir bei deiner Intelligenz nicht etwas Originelleres ein? Wenn du und Alicia Probleme habt, dann werdet allein damit fertig. Ich will nichts davon wissen und nicht darin verwickelt werden.«

»Zu schade, aber du bist schon darin verwickelt,

Sandra.« Jeremy zog sie wieder an sich, und obwohl sie sich wehrte, ließ er sie nicht los. »Von deinem hübschen Kopf bis zu den Spitzen deiner Zehen und allen Stellen dazwischen bist du verwickelt.«

Er küßte sie leidenschaftlich, drängte seine Zunge zwischen ihre Lippen, ihre Zähne, bis er ihren Widerstand überwand, und Sandra seinen Kuß sehnsüchtig erwiderte. Zu lange hatte sie sich gefühlt, als wären all ihre Empfindungen abgestorben. Jetzt, da sie zu neuem Leben erweckt worden waren, mußte sie Jeremy einfach nachgeben. Zärtlich strich er ihre Brüste. Sie erschauerte. Wenn dieses prickelnde Verlangen nicht wäre ...

»Wenn jemand mein Kind zur Welt bringt, möchte ich, daß du es bist.«

Er entwarf ein Bild, das genau Sandras Träumen entsprach. Ein Mann, der sie liebte. Ein Baby, das aus ihrer Liebe hervorgegangen war. Das Gefühl der Zugehörigkeit. Wiedergeliebt zu werden. Alles, was sie bisher vermißt hatte.

Aber sie wußte, daß sich dieser Traum nicht erfüllen würde. Jeremys Küsse, sein Streicheln erweckten in ihr nur die Sehnsucht nach etwas, das für immer unerreichbar war. Ihr Herz mußte zerbrechen an ihrer Liebe zu Jeremy. Er würde wieder zur Vernunft kommen, zu Alicia und den Jungen zurückkehren und Sandra mit ihren Tränen alleinlassen. Würde sie noch einmal mit einer Enttäuschung fertig werden können?

Jeremy starrte sie verwirrt an, als sie ihn plötzlich heftig von sich stieß. »So etwas darfst du nicht zu mir sagen.« Ihr Gesicht war zu einer kalten Maske erstarrt. »Es darf nichts mehr zwischen uns passieren, sonst wirst du Fairchild House verlassen müssen.«

In seinen Augen flammte es zornig auf. »Verdammt, Sandra . . .«

»Es ist mein Ernst. Du hast vor, jemand anders zu heiraten. Vergiß das bitte nicht.«

Seine Antwort auf ihre Bemerkung ließ Sandra zusammenzucken. »Ich weiß, was mit dir nicht stimmt.« Seine Lippen bebten vor Erregung. »Du hältst dich in deinem Haus vor der Außenwelt versteckt, weil du Angst hast, ihr entgegenzutreten.«

»Angst?« fragte Sandra verletzt und ziemlich verunsichert durch seine Gabe, ihr Innerstes zu durchschauen.

»Jawohl, Angst. In deinem Elternhaus ging es so fröhlich zu wie in einem verstauben Mausoleum. Soviel ich von Alicia weiß, haben sich deine Eltern nicht um dich gekümmert. Und aus purer Verzweiflung bist du auf dieses Ekel von einem Freund hereingefallen, der dich dann endgültig fertiggemacht hat.«

»Halt den Mund. Davon hast du keine Ahnung. Du redest über Dinge, von denen du nichts verstehst.«

»Und wenn schon. Du meinst vielleicht, daß du dich verstecken kannst, Sandra, aber du bist durchsichtig wie Glas. Was ist schon dabei, wenn deine Eltern keine guten Eltern waren? Sie waren zu sehr mit sich beschäftigt. Aber das hat auch sein Gutes. Du bist früher selbständig geworden. Und was ist schon dabei, wenn ein selbstsüchtiger Idiot dir übel mitgespielt hat? Mußt du dich deswegen abkapseln und keine Menschenseele bis ans Ende deiner Tage an dich heranlassen?«

»Zum Teufel mit dir«, sagte sie und rannte wütend zur Tür.

Er holte sie gerade noch ein, bevor sie sich in ihr Zimmer zurückziehen konnte. Mit eisernem Griff hielt er Sandra fest. »Du hast dich zu einem Leben in Einsamkeit verdammt, weil du dir einbildest, es nicht besser zu verdienen. Also, Sandra, niemand bekommt, was er verdient.«

»Laß mich los!« Verzweifelt versuchte sie, sich zu befreien.

»Du hast dich auf den Altar der Selbstverleugnung geworfen und befürchtest, irgend jemand, speziell ein Mann, könnte dich berühren, und du könntest deinen Entschluß bereuen.«

Er war der Wahrheit so nahe gekommen, daß Sandra sich beherrschen mußte, um nicht in Tränen auszubrechen.

»Und was ist mit dir, Jeremy? Du bist das genaue Gegenteil. Du hast dich einer Frau und zwei Kindern verschrieben, die dich brauchen, aber du würdest dieses Versprechen beiseitefegen, als hätte es nie existiert. Aber es existiert trotzdem, und du wirst dich sehr bald wieder daran erinnern. Du wirst zu Alicia und den Jungen zurückkehren und ihnen all die Liebe geben, die du mir jetzt so unbekümmert anbietest. Nein, danke. Irgendwann kommst du wieder zu Verstand, und ich will in der Zwischenzeit nicht dein Betthäschen sein.« Ohne ihn anzusehen, sagte sie mit tonloser Stimme: »Es wäre das beste, wenn du abreisen würdest.«

Jeremy ließ Sandra so abrupt los, daß sie fast gestürzt wäre. Es schien ihm unerträglich, sie noch einen Moment länger zu berühren. Seine Lippen bewegten sich kaum, als er jetzt zu sprechen begann: »Dein Bett wird unberührt bleiben, Mrs. Fairchild, aber du wirst mich hier nicht rausschmeißen.«

Die Schwingtür pendelte heftig hin und her, nachdem Jeremy hinausgestürmt war.

Sandra blieb im ersten Augenblick wie erstarrt stehen. Erst jetzt bemerkte sie, wie erschöpft sie war. Sie tastete sich in ihr Zimmer, brach schluchzend auf ihrem Bett zusammen und preßte ihr Gesicht voller Verzweiflung in ihr Kopfkissen.

Jeremys Worte hatten sie dort getroffen, wo es am schmerzhaftesten war. Warum konnte er sie nicht verstehen? Sie schwor sich, hart zu werden und nicht mehr aus Liebe zu leiden.

Aber sie litt bereits wieder aus Liebe. Ungeachtet ihrer verletzenden Worte liebte sie Jeremy mit schmerzhafter Intensität.

In ihr nagte immer noch die Verzweiflung über Jasons Zurückweisung. Sie hatte sie völlig unvorbereitet getroffen. Sie war damals blind und unerfahren in diese Beziehung gestolpert.

Diesmal aber gab es keine Entschuldigung für eine solche Naivität. Sie war nicht mehr das unschuldige, gutgläubige Mädchen. Der Weg, den ihr Herz ihr vorschrieb, würde mit Tränen gepflastert sein. Sie sollte lieber umkehren, so lange es noch möglich war.

Aber wie sollte sie das schaffen, wenn Jeremy weiter in ihrem Haus blieb? Wenn er tagsüber in seinem Zimmer arbeitete, würde sie ihn vermutlich nur abends beim Essen sehen.

Sandra beschloß, ihm auf keinen Fall mehr ein Tablett aufs Zimmer zu bringen. Wenn er nicht zum Frühstück herunterkam, würde er eben keins bekommen. Vielleicht könnte sie so die nächsten paar Wochen überleben. Vielleicht.

Und im nächsten Augenblick fragte sie sich, wie sie weiterleben würde, ohne sich nach Jeremy zu sehnen. Ihr Herz schlug wie verrückt, wenn sie nur an ihn dachte. Oh, Jeremy, warum kann das Leben nicht freundlicher mit uns umspringen?

Wenigstens waren sie nicht allein. Es waren ja noch andere Leute im Haus.

# 5

Am nächsten Tag waren die Zeitungen voll von Berichten über die ungewöhnlich starken Regenfälle im Küstenbereich und über die katastrophalen Folgen.

Sandra hatte sich in der letzten Zeit wenig um das Wetter gekümmert. Sie war zu sehr mit den Gedanken an Jeremy beschäftigt gewesen. Nun las sie überrascht von Erdrutschen und Überschwemmungen in ihrer nächsten Umgebung. Die Zustände verschlimmerten sich noch, so daß die abendlichen Fernsehnachrichten fast ausschließlich Schreckensbilder der Naturkatastrophe brachten.

»Vielleicht sollten wir unsere Reise abbrechen«, meinte eine der Frauen aus Iowa beim Dinner.

»Nein«, sagte ihr Mann. »Wir haben diese Reise seit Monaten geplant und uns genauso lange darauf gefreut. Das bißchen Regen wird sie uns doch wohl nicht verderben, oder?« Besorgt wandte sich die Frau an ihre Reisegefährten. »Was meint ihr dazu?«

»Wir bleiben«, antwortete ihr Nachbar und spießte ein gegrilltes Steak von der Platte auf, die Sandra ihm hinhielt.

»Das meine ich auch«, sagte seine Frau. »Übrigens, Dorothy«, stichelte sie, »in den Geschäften ist es trocken.«

Beide Ehemänner stöhnten, und Sandra seufzte erleichtert. Die anderen Gäste, ein älteres Paar, wollte nur noch für zwei Nächte bleiben.

»Ich bleibe auf jeden Fall«, bemerkte Jeremy und trank einen Schluck Burgunder. »Mein Buch macht gute Fortschritte. Oh, Mrs. Fairchild, könnte ich bitte noch etwas von den Kartoffeln haben?« fragte er mit strahlendem Lächeln, von dem nur Sandra wußte, daß es falsch war.

»Selbstverständlich, Mr. Madison«, antwortete sie mit gespielter Liebenswürdigkeit, wobei sie das dringende Bedürfnis unterdrücken mußte, ihm den Inhalt seines Tellers auf den Schoß zu kippen.

Das Wetter verschlechterte sich so sehr, daß die Golden Gate Bridge zeitweise für den Verkehr gesperrt werden mußte. Rettungsteams waren in der ganzen Region pausenlos im Einsatz.

Sandra geriet in Panik. Die beiden Paare aus Iowa blieben tatsächlich, aber das ältere Ehepaar wollte am nächsten Tag abreisen. Für das Wochenende waren zwei Zimmer reserviert worden, aber angesichts der entmutigenden Wetterberichte bestand die Gefahr, daß die angekündigten Gäste ihre Reisepläne aufgaben.

Abgesehen von dem finanziellen Verlust würde das bedeuten, daß sie und Jeremy allein im Haus wären. Es sei denn, sie konnte ihn davon überzeugen, daß er besser auch abreiste. Aber eher würde bestimmt der Regen aufhören, als daß sich Jeremy zu einer Abreise überreden ließ.

Sandras schlimmste Befürchtungen bestätigten sich. Innerhalb einer Stunde wurden die beiden reservierten Zimmer abbestellt.

Entmutigt saß Sandra in ihrem engen Büro unter der Treppe und rechnete ihre Einnahmen zusammen. Wie sollte sie in diesem Monat nur ihre Rechnungen bezahlen? Wenigstens lenkten sie ihre Geldsorgen von den Problemen mit Jeremy ab. Ab morgen abend würden sie allein im Haus sein. Wie würde sie das überstehen?

Später am Tag, als das Telefon klingelte, nahm Sandra widerstrebend den Hörer ab. Der Anruf konnte nur von einem Gläubiger kommen.

»Du klingst so trübe wie das Wetter bei euch.«

»Alicia?« Sandras Herz zog sich zusammen. Dabei brauchte sie doch gar keine Schuldgefühle zu haben, versicherte sie sich. Sie hatte Jeremy doch nur geküßt. Na ja, vielleicht auch berührt . . . »Wie geht es dir?«

»Gut. Den Jungen auch. Alles in Ordnung. Ich wollte nur mal anrufen.«

»Ich hole Jeremy. Er arbeitet, wie üblich. Den ganzen Tag schließt er sich in seinem Zimmer ein, und die Schreibmaschine klappert unaufhörlich.« *Immer mit der Ruhe. Nicht übertreiben. Sonst wird sie noch mißtrauisch.*

»Eigentlich wollte ich dich sprechen, Sandra«, sagte Alicia ruhig. »Welchen Eindruck macht Jeremy auf dich?«

»Eindruck?« Sandras Mund war plötzlich trocken. »Wie meinst du das?«

»Geht es ihm gut? Ist er glücklich?«

»Glücklich?«

»Sandra, würdest du bitte aufhören, mich dauernd zu wiederholen und mir sagen, ob es ihm gut geht?« fragte Alicia plötzlich ungeduldig.

Sandra atmete ein paarmal tief durch. »Natürlich geht es ihm gut. Er verputzt jeden Abend eine ordentliche Essensportion.« Sie hoffte, daß Alicia nicht merkte, wie gekünstelt ihr verlegenes Lachen klang.

»Wenigstens ißt er richtig. Als er androhte, in ein Hotelzimmer zu ziehen, bis er sein Buch beendet hat, erhob ich Einspruch. Ich hatte Angst, er würde nur von Kartoffelchips und Kaffee leben. Ich meine immer noch, daß Fairchild House im Moment das beste für ihn ist. Nur . . .«

»Nur?« stammelte Sandra, als Alicia innehielt. »Nur, daß er sich so seltsam anhört, wenn ich mit ihm rede. Zerstreut. Ich weiß, daß er immer in einer anderen Welt lebt, wenn er arbeitet, trotzdem verletzt er mich mit seinem Desinteresse ein wenig. Ich bin ein wenig beunruhigt.«

»Ich kann dich verstehen«, sagte Sandra langsam. »Natürlich steckst du in Hochzeitsvorbereitungen, aber ich glaube, daß Frauen so etwas ernster nehmen als Männer. Er ist furchtbar beschäftigt.

Bestimmt muß er sich sehr auf sein Buch konzentrieren, und seine scheinbare Gleichgültigkeit ist nichts, worüber du dir Sorgen machen müßtest.« Hoffentlich klangen ihre Worte glaubhaft!

»Wahrscheinlich hast du recht«, meinte Alicia eine Spur fröhlicher. »Ich werde mich an seine ›dunklen Stimmungen‹ gewöhnen müssen, wenn er über einem Roman brütet.«

»Ja«, sagte Sandra ernst. »Eins habe ich über deinen Verlobten erfahren. Er nimmt seine Arbeit sehr ernst.«

»Das sollte er auch. Er verdient einen ganz schönen Batzen Geld damit.«

Seltsamerweise fühlte sich Sandra durch Alicias Bemerkung betroffen. Sie war sicher, daß Jeremy selbst dann schreiben würde, wenn er keinen Cent damit verdienen könnte. ». . . und da dachte ich, ich könnte morgen abend kommen und mit euch beiden das Wochenende verbringen.«

Alicias Worte rissen Sandra aus ihren Gedanken. »Was? Du kommst her? Morgen? Das wäre wundervoll!« Sie meinte es ehrlich. Alicias Gegenwart würde die Dinge ins Lot bringen.

»Mutter hat mir angeboten, die Jungen zu nehmen. Hast du noch ein Bett frei?«

»Zu viele, fürchte ich.« Sandra lachte bitter.

»Ich habe gehört, das Wetter ist verheerend.«

»So? Dann werden wir uns vor dem Kamin unterhalten, während Jeremy arbeitet.«

»Ich hoffe, ich kann ihn dazu bringen, sich das Wochenende freizunehmen.«

»Ich werde Jeremy holen. Sicherlich . . .«

»Nein. Du kannst ihm ja sagen, daß ich komme. Wenn ich ihn schon das ganze Wochenende lang ablenke, lasse ich ihn wenigstens jetzt in Ruhe. Sonst dreht er durch!«

Alicia gab Sandra ihre vermutliche Ankunftszeit an und sagte, daß sie sich am Flughafen ein Taxi nehmen wollte. »Mir ist lieber, wenn du mit einem deiner Festessen auf mich wartest.«

»Darauf kannst du dich verlassen. Ich freue mich schon auf dich.«

»Ich mich auch. Tschüs!«

Sandra sah dem Dinner das erste Mal mit mehr Begeisterung entgegen als seit Tagen. Ihre Laune sank ein wenig, als nur das ältere Paar in den Speiseraum kam. »Mr. Madison bat uns, Ihnen auszurichten, daß er ausgeht«, sagte der Mann höflich.

»Oh. Vielen Dank.«

Jeremy kam erst nach Mitternacht zurück. Sandra hatte im Salon auf ihn gewartet. Er schüttelte gerade den Regen von seinem Mantel, als er sie unter der Tür bemerkte.

»Sind Sie die Hausmutter? Habe ich mich nicht genügend wegen meines langen Ausbleibens entschuldigt?«

Ärgerlich preßte Sandra die Lippen aufeinander. »Mir ist egal, zu welcher Zeit Sie zurückkommen, Mr. Madison. Ich habe auf Sie gewartet, um Ihnen etwas von Ihrer Verlobten auszurichten.«

Jeremy senkte den Kopf und starrte auf seine regennassen Schuhe. »Es tut mir leid, Sandra. Ich benehme mich wie der letzte Idiot. Entschuldige bitte.«

Sein Spott war beinahe leichter zu ertragen als diese demütige Entschuldigung. Jeremy wirkte verletzlich und trostbedürftig, als er so verloren in vom Regen nassen Kleidern vor ihr stand. Schmerzhaft fühlte Sandra, wie sehr sie ihn liebte.

Sein Blick war leer, als er sie jetzt ansah. »Ist alles in Ordnung? Mit den Jungen?«

»Ja. Alicia kommt morgen abend, um das Wochenende mit ... dir zu verbringen.« Fast hätte sie gesagt, ›mit uns‹. Aber so konnte sie besser die Beziehung zwischen ihm und Alicia unterstreichen.

»Ah.« Jeremy nickte ausdruckslos. »Schön. Kommt sie allein?« Er bemühte sich, interessiert zu klingen, aber es gelang ihm nicht.

»David und Adam bleiben bei Alicias Eltern. Sie wird zum Dinner hier sein.«

Zum erstenmal seit Tagen waren sie allein. Jeremy betrachtete sie liebevoll. Ihm fiel auf, daß Sandra diesmal nicht den häßlichen blauen, sondern einen apricotfarbenen Morgenmantel aus Samt trug. Das Material schmiegte sich weich um die Rundungen ihrer Brüste und ihrer Schenkel.

»Hat Alicia noch etwas gesagt?«

Sandras Blick konnte sich nicht von seinen Lippen lösen, und sie wünschte sich inbrünstig, sie auf ihrem Mund zu spüren. Sie mußte ein paarmal schlucken, bevor sie antwortete.

»Sie hat mich gefragt, ob es dir gut ginge und ob du ... glücklich wärst.«

»Und was hast du ihr gesagt?«

»Daß du gut ißt.« Sandra unterdrückte ein Seufzen. »Hast du heute abend etwas gegessen?«

»Ja. In Chinatown.«

»War es gut?«

»Sehr gut, aber zuviel für eine Person.« Eine unbeschreibliche Traurigkeit lag in Jeremys Augen.

Wie gern hätte Sandra ihn in die Arme genommen und seinen Schmerz hinweggezaubert. Sein Mund war zum Lächeln geschaffen. Oder zum Küssen. Sie wandte ihren Blick ab, sagte atemlos: »Ich glaube, das wär's. Gute Nacht«, und huschte an ihm vorbei in die Dunkelheit.

»Sandra?«

»Ja?«

Sie drehte sich um und wurde unruhig, als Jeremy nun viel zu nah vor ihr stand. Sein Atem streichelte ihr Haar.

»Was hast du auf Alicias andere Frage geantwortet? Ob ich glücklich bin?«

Sandras Stimme wollte ihr den Dienst versagen, aber sie schaffte es, trotzdem zu antworten. »Ich habe ihr erzählt, daß du hart arbeitest und dich auf dein Buch konzentrierst.«

»Und du meinst wirklich, das ist es, worauf ich mich konzentriere?«

Jeremy beobachtete, wie ihre blauen Augen plötzlich vor Verlangen aufleuchteten. Wie sollte er seinen Wunsch beherrschen, sie zu umarmen, wenn sie so zu ihm aufsah? Nachdem er Stunden, Tage und Nächte damit verbracht hatte, sich ihre Lippen, ihre Brüste vorzustellen? Er wollte alles an ihr streicheln, berühren, was sich unter ihren Kleidern verbarg, er wollte sie verwöhnen, er wollte, daß sie sich vergaß, daß sie ganz tief hinabtauchte in die Wogen ihrer Leidenschaft, er wollte ihre verzückten Schreie hören, wenn sich der Höhepunkt näherte.

Er hatte nur einen Vorgeschmack davon erhalten, wie es wäre, Sandra zu lieben, aber er hatte gespürt, daß in ihr das Herz einer leidenschaftlichen, hingebungsvollen Frau schlug. Sein Blut geriet in Wallung, wenn er sich vorstellte, daß sie nackt und erregt unter ihm lag und den süßen Rhythmus ihrer Bewegungen auskostete.

Jeremy konnte weder schreiben noch schlafen. Aber er war nicht bereit, seine Liebesphantasien aufzugeben. Es würde ihn verrückt machen, auf sie zu verzichten, genauso, wie es ihn verrückt machte, sich Sandra mit einem anderen Mann vorzustellen. Wenn sie mit ihm so leidenschaftlich war, lag es doch nahe, daß sie auch ... Er mußte sie fragen, mußte es wissen.

»Dieser ... Jason ...«

»Ja?«

»Du hast gesagt, ihr hättet längere Zeit zusammengelebt.«

»Ja«, antwortete Sandra fast unhörbar.

»Natürlich hast du mit ihm geschlafen.«

»Ja.«

»War er der erste?«

»Der einzige.«

»Hat er ... hat er ... dich glücklich gemacht?«

»Nein.« Sie schüttelte den Kopf.

Mit einer sanften, zögernden Bewegung strich Jeremy über ihre Wange. Sie zuckte zusammen. Seine Berührung schien Sandra schwach und willenlos zu machen. Sie zitterte. Ihr Körper schmerzte vor sinnlichem Verlangen, brannte danach, sich an Jeremy zu schmiegen, und doch war sie unfähig, sich zu bewegen, ihren Sinnen zu folgen.

»Der Mann war ein Idiot«, sagte Jeremy heiser.

Er strich mit seinem Daumen einmal über Sandras volle Lippen und wandte sich dann mit einem tiefen Seufzer ab.

Eine Ewigkeit schien zu vergehen, bis Sandra sich

aus ihrer Erstarrung lösen konnte und mit müden Schritten auf ihr Zimmer ging.

»Wie eigensinnig von dir, Jeremy«, sagte Alicia schmollend. »Welchen Unterschied macht das schon, wenn ich mal in deinem Buch lese?«

»Niemand liest mein Manuskript, bevor ich fertig bin. Weder mein Agent noch mein Verleger noch meine . . . Verlobte.«

Sie saßen im Speisezimmer bei einem Essen, das Sandra fast den ganzen Tag lang vorbereitet hatte. Ausnahmsweise aß Sandra im Speisezimmer mit. Sie hatte zu dieser Gelegenheit sogar denselben schwarzen Rock und die Georgettebluse angezogen, die sie am ersten Abend mit Jeremy getragen hatte. Ihr Haar hatte sie zu einem losen Knoten festgesteckt. Ihre Aufmachung paßte genau zu der gediegenen Atmosphäre des Raums. Im Gegensatz zu Alicia.

Sie wirkte viel zu modisch und extravagant. Sandra hatte gerade das Feuer im Kamin angezündet, als der Messingtürklopfer ihr Alicias Ankunft ankündigte. Alicia hatte Sandra stürmisch umarmt und geküßt. Jeremy war es genauso ergangen, als er die Treppe heruntergekommen war.

Er hatte die strahlende Alicia warm in die Arme geschlossen und ihr die Wange geküßt. Schnell hatte sich Sandra in den Salon zurückgezogen, angeblich, um nach dem Feuer zu sehen.

Alicias gepflegte Frisur hatte den Flug, Wind und Regen und die lebhaften Umarmungen unbeschadet überstanden.

In ihren Augen leuchtete die gewohnte Fröhlichkeit, und sie plauderte munter über die Schwierigkeiten, Kinder auch nur für zwei Tage der Großmutter zu überlassen, über den stürmischen Flug, über das entsetzliche Wetter, über ihren spontanen Entschluß und ihre Freude darüber.

Als sie später zum Dinner herunterkam – Sandra hatte ihr das Zimmer neben Jeremy gegeben – trug sie einen dunkelblauen Seidenanzug.

Jetzt zeigte ihr schönes Gesicht einen mürrischen Ausdruck. »Künstlerlaune, nehme ich an. Verstehst du, warum er mich nicht wenigstens einmal sein Manuskript überfliegen läßt?«

Sandra wünschte verzweifelt, Alicia würde sie nicht um ihre Meinung zu Jeremys Benehmen fragen. »Ich glaube schon. Solange er es nicht für vollkommen hält, meint er, dich und sich selbst zu täuschen, wenn er es dich vorzeitig lesen läßt.«

Alicia sah sie an, als spräche sie chinesisch. »Wahrscheinlich. Aber immerhin bin ich seine zukünftige Frau.«

Auch Jeremy sah Sandra an, und sie hoffte, das Licht in seinen Augen würde nur vom Kerzenschein herrühren. »Tut mir leid, Alicia, aber es bleibt dabei.«

»Wieviel fehlt dir denn noch? Wirst du früher als geplant mit dem Buch fertig?«

Jeremy rutschte unbehaglich auf seinem Stuhl hin und her. »Das glaube ich nicht. Ich bin mit dem letzten Kapitel nicht zufrieden. Möglicherweise werde ich es noch einmal neu schreiben.«

»Bestimmt ist es großartig«, sagte Alicia vertrauensvoll und griff über den Tisch nach seiner feingliedrigen Hand.

Sandra fühlte Eifersucht in sich aufsteigen. Alicia hatte das Recht, seine Hand zu berühren, ihm das

Haar aus der Stirn zu streichen, mit ihren Fingern die Sorgenfalte zwischen seinen Augenbrauen zu glätten. Trotzdem kam sie gegen dieses alberne Gefühl nicht an.

»Jedenfalls gibt es hier keine Ablenkung für dich«, stellte Alicia lachend fest. »Was ist mit den Herbsttouristen?« wandte sie sich an Sandra.

Sie mußte sich zusammenreißen, um ihrer Freundin in die Augen sehen zu können. »Ich fürchte, die Wetterberichte haben sie verschreckt. Gestern habe ich zwei Absagen erhalten.«

»Macht dir das denn keine Sorgen? Ich dachte, du kommst auch so schon finanziell kaum über die Runden.« Alicia meinte es nicht böse, aber Sandra hätte sie für diese Bemerkung durchschütteln können. Warum mußte Alicia sie auch so brutal daran erinnern! Alicia stammte aus einer wohlhabenden Familie und hatte nie Geldsorgen gekannt.

»Oh, es wird schon gehen.« sagte Sandra in dem vergeblichen Versuch, gleichgültig zu klingen. »Vielleicht muß ich bald Hot Dogs statt Schlemmeressen servieren, aber ich werd's schaffen.«

»Aber natürlich«, meinte Alicia. »Ich wünschte, ich besäße einen Bruchteil deiner Tüchtigkeit und deines Verstandes.«

Das wünschte ich dir auch, dachte Sandra und wunderte sich über ihre bissigen Gedanken.

»Jedenfalls«, fuhr Alicia fort, »war das Essen heute abend ein Gedicht.« Sie legte ihre Serviette neben den Teller und leerte ihr Weinglas. »Und jetzt bin ich bereit, mich vor dem Kamin zusammenzurollen. Er sieht so einladend kuschelig aus.«

»Geht nur schon. Sobald ich mit dem Geschirr fertig bin, komme ich nach.«

Alicia nahm Jeremys Hand und zog ihn aus dem Zimmer. Sandra spürte seinen Blick, als er hinausging, sah aber nicht von dem Tablett auf, das sie gerade mit schmutzigem Geschirr belud.

Sie ließ sich viel Zeit mit dem Aufräumen der Küche. Schließlich nahm sie ihre Schürze ab und begab sich widerstrebend und mit pochendem Herzen zum Salon, wo sie Jeremys fröhliches Lachen und Alicias helle Stimme hören konnte.

Die beiden saßen auf dem Sofa. Alicia lehnte an Jeremy und spielte mit den Knöpfen seines Hemdes. Er hatte sein Jackett abgelegt.

»Da bist du ja endlich. Wir haben dich schon vermißt«, rief Alicia ihr entgegen. Sie seufzte und legte ihre Wange an Jeremys Brust. »Ach, ist das schön. Friedlich und erholsam. Ich kann dir gar nicht sagen, wie sehr mir die Jungen zusetzen.« Sie hob den Kopf, um Jeremy anzusehen. »Ich hatte eine solche Sehnsucht, wegzufahren und dich zu sehen. Es ist herrlich, bei dir zu sein.«

Er lächelte liebevoll, küßte die Spitze ihrer kleinen Nase und strich ihr über den Kopf.

Sandra markierte ein Gähnen. »Ihr müßt mich entschuldigen, aber ich bin schrecklich müde heute abend. Ich glaube, der unablässige Regen macht mich schläfrig.«

»Aber Sandra . . .«

»Wir sehen uns ja morgen, Alicia. Sicherlich willst du heute abend mit deinem Jeremy allein sein. Wenn ihr nur die Lichter ausschaltet, bevor ihr nach oben geht.« Sie floh aus dem Raum und wußte, daß sie unhöflich und feige war. Aber sie wußte auch, daß sie gestorben wäre, wenn sie den beiden noch länger zugesehen hätte.

# 6

Sandra verabscheute sich. Sie starrte auf die Tür zu Alicias Zimmer. Sie mußte einfach wissen, wo Alicia die Nacht verbracht hatte. Der Messingknauf drehte sich unter ihrer Hand, und die Tür schwang auf. Sie sah das Bett mit der zurückgeschlagenen Decke, das zerknitterte Laken und das eingedrückte Kopfkissen. Ihr Blick suchte ängstlich ein zweites Kopfkissen. Nein, es war keines da . . .

Zitternd ließ sich Sandra gegen den Türrahmen fallen und machte sich bittere Vorwürfe. Kindisch. Dumm. Eifersüchtig. Aber sie hatte es ganz einfach wissen *müssen*. Trotzdem war ihr klar, daß sie ihrer besten Freundin nachspionierte.

Letzte Nacht hatte sie die beiden die Treppe hinaufgehen hören, konnte dabei aber nicht feststellen, ob sie in dasselbe Zimmer gingen. Hatten sie sich absichtlich bemüht, leise zu sein, damit sie nichts bemerken sollte?

Es war eine höllische Nacht gewesen. Sandra hatte sich im Bett herumgewälzt und sich vorgestellt, wie Jeremys Hände und Lippen Alicias schönen nackten Körper erforschten. Sie sah Jeremys Glied in Alicia eindringen, sah die rhythmischen Bewegungen, hörte in ihrer Phantasie das beglückende Stöhnen.

Sie waren gemeinsam zum Frühstück heruntergekommen, Alicia gutgelaunt und munter, Jeremy zerzaust und abgespannt, als hätte er nicht viel geschlafen.

Aber wenigstens hat er in seinem eigenen Bett geschlafen, sagte Sandra zu sich selbst, als sie schnell Alicias Bett machte.

Nach dem gemütlichen Frühstück, das Sandra den beiden servierte, hatte Alicia darauf bestanden, daß Jeremy sie zu einem Einkaufsbummel begleitete. Ihren Bitten zum Trotz hatte Sandra sich geweigert, auch mitzukommen. Sie behauptete, ihre Buchführung erledigen zu müssen. In Wirklichkeit hatte sie keine Lust, das fünfte Rad am Wagen zu spielen.

Jetzt ging Sandra in Jeremys Zimmer, das aussah, als hätte ein Wirbelsturm darin gewütet. Blätter waren neben dem Papierkorb zusammengeknüllt.

Auf dem Tisch lagen verstreut Manuskriptseiten, die über und über mit roter Tinte bekritzelt waren. Hemden, Jeans und Pullover hingen über Bett und Stühle verteilt.

Sandra machte das Bett und begann dann systematisch aufzuräumen. Sie faltete gerade einen Pullover zusammen, als Jeremy das Zimmer betrat. Sandra wirbelte herum.

»Was machst du denn hier?« flüsterte sie erschrocken. Unbewußt preßte sie seinen Pullover an die Brust. Sie fühlte sich, als wäre sie bei einer verbotenen Handlung ertappt worden.

»Ich wohne hier«, antwortete Jeremy mit einem amüsierten Lächeln.

»Ich meine, wo ist Alicia?«

Er zog sein Jackett aus und hängte es ausnahmsweise ordentlich über eine Stuhllehne. »Sie probiert in einer Boutique Kleider an. Ich hatte genug und schlug ihr vor, mich hier zu treffen, wenn sie fertig ist. Wer weiß, wann das sein wird.«

Sandra erinnerte sich daran, daß ihre Freundin sich stundenlang in Modegeschäften herumtreiben konnte. »Sie macht sich einen schönen Tag«, sagte sie und legte den Pullover in den Schrank.

»Die Unordnung in diesem Zimmer tut mir leid. Ich hoffe, daß ich keinen bleibenden Schaden anrichte.«

Lächelnd schloß Sandra die Schranktür. »Bestimmt nicht. Da du das größte Zimmer hast und am meisten bezahlst, stört es mich nicht, ein paar Kleider wegzuhängen.«

»Trotzdem vielen Dank.«

»Keine Ursache.«

»Ich bin jetzt fertig.« Sandra eilte zur Tür. »Laß

dich nicht von der Arbeit abhalten.« Sie erreichte die Tür, ohne von Jeremy aufgehalten zu werden, aber als sie sie öffnen wollte, stemmte er die Hand dagegen.

»Die Jeans stehen dir gut.«

Sandra konnte ihm nicht in die Augen sehen und starrte nur wie gebannt auf seine kräftige Hand. Wenn er sie jetzt berühren würde, könnte sie für nichts mehr garantieren. Krampfhaft bemühte sie sich um einen normalen Tonfall. »Ich trage nie Hosen, außer samstags, wenn ich putze.«

Jeremy senkte den Kopf und drückte einen Kuß auf ihr Haar. »Mmh, es riecht nicht nach Putzen und Reinigungsmitteln. Du duftest nach frischgebackenem Brot.«

»Ich habe auch Brot gebacken«, sagte Sandra atemlos.

»Ich möchte einen Bissen haben.« Plötzlich spürte sie seine Lippen auf ihrem Nacken, sie knabberten zärtlich. Er fuhr mit den Zähnen über eine Stelle und leckte dann mit der Zunge darüber.

»Jeremy«, hauchte sie und genoß das prickelnde Gefühl der Erregung, das sich in ihrem ganzen Körper ausbreitete.

»Hast du eine Ahnung, wie süß dein kleiner Po in diesen Jeans aussieht?« fragte er und knabberte sanft an ihrem Ohrläppchen. »Bestimmt nicht, sonst würdest du sie nicht tragen.«

»Sag nicht . . .«

»Zum Teufel, ich sage und tue, was mir paßt. Und ob du es zugibst oder nicht, es ist genau das, was du von mir willst, oder? Sag es mir, Sandra.«

»Ja«, schluchzte sie.

»Ah, der liebe Gott wird uns als Sünder verdammen, aber küß mich trotzdem.«

Es war ein viel zärtlicherer Kuß, als sie erwartet hatte. Jeremy legte seine Hand unter ihr Kinn und hob ihr Gesicht zu sich. Ihre Lippen trafen sich. Seine Zunge drängte in ihren Mund und bewegte sich auf eine erregende Art.

Zögernd hob Sandra die Arme und legte sie um Jeremys Nacken. Ihre Finger spielten mit seinem dichten Haar, während er ihren Hals mit brennenden Küssen bedeckte.

Seine Hände begannen mit langsamen, kreisenden Bewegungen ihren Rücken zu massieren. Sie gab dem pochenden Rhythmus nach, der durch ihren Körper pulsierte und bewegte sich vor und zurück, rieb ihre Hüften gegen seinen Schoß.

»Mein Gott, Sandra, ja, ja, hör nicht auf«, sagte er gepreßt. Seine Hände wanderten nach vorne, streichelten ihre Brüste, verhielten und öffneten mit quälender Langsamkeit ihre Bluse, streifte die Träger ihres Büstenhalters gleich mit ab und Jeremys Augen wurden fast schwarz vor Verlangen, als sich ihre Brustwarzen unter seiner Berührung hart und sehnsüchtig aufrichteten.

»Das hier hat mich am ersten Abend fast verrückt gemacht. Ich wollte dich so berühren.« Er rieb zärtlich die kleine Erhebung zwischen den Fingern. »Dann wollte ich dich mit der Zunge berühren.« Seine Stimme wurde zu einem rauhen Flüstern. »Ich möchte es immer noch.«

Eine Welle unkontrollierter Leidenschaft ließ Sandra erschauern, als Jeremy nach ihrer Hand griff und sie auf den Reißverschluß seiner Hose preßte. Sie fühlte, wie erregt er war. Sie war eine Gefangene der Sinnlichkeit, und Jeremy war ihr Wächter. Er besaß den Schlüssel zu allem, was ihr Erfüllung bringen konnte.

»Ich will dich haben, Sandra.«

»Ich dich auch«, bekannte sie mit einem herausgestoßenem Seufzer und drückte sich fest an ihn. Ihr Gesicht ruhte an Jeremys Brust, und tief atmete sie seinen Duft ein. Sie wußte, daß sie ihn in ein paar Sekunden verlassen mußte, aber in diesem Moment begehrte er sie, und sie konnte so tun, als gehörten sie zusammen.

Er strich über ihren kleinen, festen Po, den er so bewundert hatte. »Du hast mir die Hölle auf Erden bereitet, Sandra. Wirst du mich jetzt lieben?«

»Aber ich liebe dich doch«, versicherte sie und streichelte die zuckende Härte unter ihren Fingern.

Abrupt stieß Jeremy sie zurück. »Du weißt genau, was ich meine.«

»Ich werde nicht mit dir... schlafen, nein«, stellte Sandra ruhig, aber unbeugsam fest.

Jeremy schnappte nach Luft. »Verdammt«, fluchte er laut. »Warum denn nicht? Warum?« Er fuhr sich mit beiden Händen durch die Haare.

Langsam knöpfte sie ihre Bluse zu. »Du weißt, warum, Jeremy. Wenn wir je... miteinander ins Bett gingen, würden wir damit jemandem weh tun, den wir beide sehr gern haben.«

»Meinst du, daß wir es wollen, ist weniger schmerzhaft für sie?«

»Nein, aber wir brauchen uns deswegen nicht so schuldig zu fühlen.«

»Ich bezweifle, daß ich mich je für meine Liebe schuldig fühlen würde.«

»Doch! Ich weiß, daß du es würdest.«

Ungeduldig runzelte Jeremy die Stirn. »Sei dir nicht so sicher. Ich besitze nicht deinen krankhaften Drang zur Selbstbestrafung. Sandra. Mir macht es keinen Spaß, den Märtyrer zu spielen.«

Ärger wallte in ihr auf. »Anscheinend habe ich mich in dir getäuscht.«

»Was soll das heißen?«

»Ich hätte nie gedacht, daß du dieses überhebliche Getue nötig hast. Aber wenn es deiner Männlichkeit schmeichelt, mich herunterzuputzen, weil ich nicht mit dir ins Bett gehen will, dann mach nur weiter. Aber das wird meinen Entschluß nicht umwerfen. Ich werde trotzdem nicht mit dir schlafen.«

»Herunterputzen?« Jeremy lachte spöttisch. »Und wie soll sich ein Mann fühlen, wenn eine Frau ihn bis zur Besinnungslosigkeit scharf macht, um ihm dann einen Tritt zu versetzen?«

Seine Worte trafen sie wie ein Faustschlag. »Was du da sagst, ist gemein!«

»Zu den Gemeinheiten komme ich erst noch.«

»Spar sie dir für dein Buch auf.« Sandra riß die Tür auf, bevor sie den letzten Schuß abfeuerte. »Ich bin sicher, daß sie dort bestens hineinpassen.«

Alicia kehrte wenig später zurück, mit Paketen und Schachteln verschiedener exklusiver Geschäfte beladen.

»Sandra, Sandra«, rief sie laut, als sie hereinplatzte, nachdem sie den Taxifahrer bezahlt hatte.

Sandra trat aus ihrem Büro, wo sie über ihren entmutigenden Zahlenkolonnen gebrütet hatte, die ihre Rechenmaschine ausspuckte. »Hast du in den

Geschäften überhaupt noch etwas zurückgelassen?« Sie lächelte und versuchte, sich nicht anmerken zu lassen, daß sie vor weniger als einer Stunde den Mann geküßt hatte, den Alicia heiraten wollte. Alicias strahlendes, glückliches Gesicht verstärkte nur noch Sandras Ekel vor sich selbst.

»Warte nur, bis du die phantastischen Sachen siehst, die ich gekauft habe. Wo ist Jeremy?«

»Er arbeitet oben«, sagte Sandra, wobei sie den Blick zu ihrer Freundin vermied. »Ich kann seine Schreibmaschine hören.«

»Komm mit hoch. Ich will dir meine Sachen vorführen.«

»In einer Minute. Geh schon vor. Ich mache einen Glühwein, und dann kannst du mit deiner Modenschau anfangen.« Sie brauchte noch etwas Zeit, um sich zu erholen. Aber sie glaubte nicht, daß alle Zeit der Welt reichen würde, die Schuldgefühle, die sie empfand, zu löschen.

»In Ordnung.« Alicia lief fröhlich die Treppe hinauf.

Jeremys Schreibmaschine war nicht mehr zu hören, als Sandra wenig später mit dem Tablett hochkam, aber seine Tür war geschlossen. Alicias Tür stand halboffen, und Sandra stieß sie mit der Schulter auf und trat ein. Auf der Schwelle blieb sie entsetzt stehen.

Die Pakete und Schachteln lagen kunterbunt auf Bett und Teppich verstreut. Mitten im Zimmer standen Jeremy und Alicia in einer Umarmung, die für den Bruchteil einer Sekunde Sandras Herz stillstehen ließ. Alicias Mantel hing nur noch über einer Schulter, als ob sie während des Ausziehens von Jeremy überrascht worden wäre.

Jeremys Hände waren in Alicias dunkles Haar vergraben. Wie ein Verhungernder küßte er ihre Lippen.

Sandra stand wie festgewurzelt. Mit aufgerissenen Augen sah sie die verzehrende Leidenschaft seines Kusses. Ohne es zu wissen, öffnete sie den Mund und stieß einen verzweifelten Seufzer aus.

Abrupt hob Jeremy den Kopf und löste sich von Alicia. Wie hatte er nur so weit gehen können. Noch nie hatte er sich so elend gefühlt. Nicht nur wegen des herzzerreißenden Ausdrucks auf Sandras Gesicht, sondern auch wegen seines unverantwortlichen Verhaltens Alicia gegenüber. Diese Behandlung hatte sie nicht verdient. Sie konnte nichts dafür, daß er sich in diesem Gefühlschaos befand.

Jedenfalls hatte er Alicia nicht aus Leidenschaft geküßt. Der Kuß hatte nur einem einzigen Zweck gedient. Er wollte, daß er es endlich schaffte, sich Sandra für ein paar Minuten aus dem Kopf zu schlagen.

Zitternd hob Alicia eine Hand an den Mund, als sie sich umdrehte und Sandra an der Tür entdeckte. »O Sandra. Wir . . . Jeremy . . . er wollte auch sehen, was ich gekauft habe. Bitte, setz doch das schwere Tablett ab. Du brauchst uns nicht zu bedienen, aber du bist ein Schatz.«

Sie schwatzte weiter, während Jeremy und Sandra sich wie zwei Marionetten bewegten und pflichtschuldigst antworteten, als spielten sie eine einstudierte Szene.

Sandra war grenzenlos erleichtert, als die beiden ihr sagten, daß sie zum Dinner ausgehen wollten. Natürlich erwarteten sie, daß Sandra mitkommen würde, aber sie lehnte dankend ab. Alicia bettelte, aber Sandra blieb standhaft, bis ihre Freundin schließlich aufgab.

Alicia sah in einem ihrer neuen Kleider sehr chic und attraktiv aus, und Jeremy paßte zu ihr in seinem Sportjackett mit der hellen Krawatte. Wie die Verkörperung eines idealen amerikanischen Paares sahen sie aus.

Lächelnd wünschte Sandra ihnen einen schönen Abend, sah zu, wie sie ins Taxi stiegen und schloß die Tür. Dann war es vorbei mit ihrer mühsamen Beherrschung. Sie lehnte ihren Kopf gegen die Tür und wünschte inständig, nicht mehr Gefühl zu haben als ein Stein.

Lauter Lügen hatte Jeremy ihr erzählt. Er hatte ganz einfach ein letztes Abenteuer vor seiner Heirat erleben wollen. Daß sie die beste Freundin seiner Verlobten war, machte das Abenteuer nur noch interessanter. Es schien direkt einem seiner Romane entnommen zu sein. Und als Sandra seine Annäherungsversuche abwehrte, war er sofort in Alicias liebevolle Arme zurückgekehrt.

Wie hatte sie sich nur so zum Narren machen können. Und das schon zweimal! Erst hatte sie geglaubt, Jason könnte sie lieben. Dann hatte sie Jeremy vertraut. Es war beinahe zum Lachen. Nur hatte die Trennung von Jason sie weit weniger erschüttert als Jeremys Verrat.

Warum tut es nur diesmal so weh, fragte Sandra sich, als sie später – vom vielen Weinen erschöpft – in ihrem Bett lag.

Noch niemals hatte sie sich so sehr danach gesehnt, einzuschlafen, um wenigstens für ein paar Stunden ihre Verzweiflung zu vergessen. Doch der Schlaf wollte nicht kommen.

»Ich glaube, Alicia, ich fahre mit dir nach Los Angeles zurück«, stellte Jeremy ruhig fest.

Sandra hatte die beiden letzte Nacht nicht heimkommen hören.

Sie war froh darüber, denn sie wollte nicht wissen, ob sie die Nacht im selben Zimmer verbracht hatten. Bestimmt hatten sie zusammen geschlafen. Jeremy war einmal von Sandras unerwartetem Auftauchen gestört worden. Ein zweites Mal würde er sich die Gelegenheit bestimmt nicht entgehen lassen.

Nach einem ausgedehnten Frühstück saßen sie nun zu dritt vor dem Kamin im Salon, und Sandra versuchte, auf Alicias Erzählungen einzugehen. Hoffentlich sah man ihr nicht an, was für eine Nacht sie verbracht hatte.

Obwohl sie sich ständig versicherte, daß sie den Mann verabscheute, der sich hinter Jeremys Charme verbarg, brachte seine Ankündigung Sandra aus dem Gleichgewicht.

»Meinst du das ernst?« fragte Alicia aufgeregt. Sandra sah, wie Alicias Hand sich vertraut auf Jeremys Schenkel legte. »Oh, wie wundervoll! David und Adam werden . . .«

Sie brach abrupt ab und ließ sich gegen die Sofalehne fallen. »Nein«, murmelte sie. »Du kannst nicht zurückkommen. Noch nicht.«

Sandra sah Jeremy an, aber als sie entdeckte, daß er so überrascht war wie sie, schaute sie rasch zu Alicia.

»Warum denn nicht? Ich dachte, du würdest dich freuen!«

»Das tue ich auch, Jeremy«, sagte Alicia ernst. »Aber dein Buch ist noch nicht fertig, und du würdest es nie vor der Hochzeit beenden. Wir wären dir nur wieder im Wege.«

Jeremy zuckte die Schultern. »Ich schaffe es sowieso nicht mehr bis zur Hochzeit. Es ist nicht tragisch, daß ich im Moment nicht weiterkomme. Ich kann den Termin verlängern.«

»O nein.« Energisch schüttelte Alicia ihre dunkle Mähne und lachte.

»Ich kann keine Heirat eingehen, wenn etwas so Wichtiges wie ein literarisches Meisterwerk zwischen uns steht. Das würdest du mir nie verzeihen.«

»Es ist wohl kaum ein literarisches Meisterwerk. Es gäbe nicht viel zu verzeihen.«

Alicia sah ihn zweifelnd an. »Ich kenne dich, Jeremy Madison. Wenn dein Buch sich nicht gut verkauft, geht es dir miserabel, und ich möchte keinen Trauerkloß als Bräutigam. Sag du es ihm, Sandra. Er soll in Fairchild House bleiben, bis das Buch fertig ist, stimmt's?«

Sandras Blick ging von Alicia zu Jeremy. Er wartete gespannt auf ihre Antwort. »Ich bin sicher, Jeremy wird auch ohne meinen Rat tun, was er für richtig hält.«

»Es gefällt dir doch gut hier, oder, Jeremy? Sandra mißhandelt dich doch nicht etwa?« fragte Alicia scherzend.

Sandra wurde blaß. Zum Glück sah Alicia gerade Jeremy an. Er schüttelte den Kopf. »Nein, nein, keinesfalls. Es ist nur, daß das Buch nicht so wichtig ist wie du und die Jungen.«

»Du solltest wirklich weitermachen und es beenden, Liebling. Sonst bis du die ganze Zeit unzufrieden, glaubst du nicht auch?«

Jeremy zögerte. »Ja«, gab er schließlich widerstrebend zu.

»Und Fairchild House ist für dich im Moment der beste Ort zum Arbeiten. Also bleib hier, obwohl ich deine selbstlose Geste wirklich zu schätzen weiß.« Alicia beugte sich vor und drückte Jeremy einen zärtlichen Kuß auf den Mund. Er berührte flüchtig ihre Schultern. »Jetzt muß ich meine Sachen packen. In einer Stunde kommt mein Taxi.«

Nachdem sie dem Taxi nachgewinkt hatten, bis es im Regen verschwunden war, begleitete Jeremy Sandra ins Haus zurück und ging in den Salon. Er stellte sich vor den Kamin und starrte in die Flammen. »Ich hab's immerhin versucht«, murmelte er fast unhörbar.

Sandra, die gerade in ihr Zimmer gehen wollte, blieb in der Tür stehen. Die Spannung zwischen ihnen war fühlbar. Wie sie es aushalten sollte, bis die nächsten Gäste in Fairchild House eintrafen, konnte Sandra nicht sagen.

»Was meinst du?«

Er drehte sich um, eine dunkle, schlanke Gestalt, deren Haar im Schein des Feuers glänzte. Er hatte kein Licht gemacht. Im Salon war es dunkel, vom Feuerschein des Kamins abgesehen. »Ich sagte, ich hab's versucht. Mich taktvoll aus dem Staub zu machen«, fügte Jeremy hinzu, als Sandra immer noch nicht zu verstehen schien.

»Nun ja, es wäre das beste gewesen.«

Er studierte das Teppichmuster zu seinen Füßen. »Alicia ist ein vertrauensvoller Mensch. Sie hegt keinerlei Verdacht. Sie hat nicht einmal erwähnt, daß wir beide hier ganz allein sind.«

Sandra sah zu Boden und verschränkte die Arme. Ihr war plötzlich sehr kalt. »Alicia hat keinen Grund, einem von uns zu mißtrauen.«

Jeremy seufzte schwer. »Nein. Ich glaube nicht.« Sandra hob den Kopf und begegnete Jeremys Blick. Wie sehr sie diese braunen Augen in ihren Bann ziehen konnten! »Kannst du mir vertrauen, Sandra?«

»Wie meinst du das?«

»Gestern wollte ich mit dir ins Bett, und du hast nein gesagt, worauf ich ekelhaft und ausfallend wurde.« Er ballte seine Hände zu Fäusten. »Ich weiß nicht, was mich dazu getrieben hat. So bin ich noch nie mit einer Frau umgesprungen. Wenn sie nein sagte, bin ich gegangen. Aber bei dir . . .« Jeremy sah sie an und hob hilflos die Arme. »Bei dir kann ich das Nein einfach nicht hinnehmen. Ich war verärgert, frustriert und . . . Es tut mir leid. Verzeih mir bitte.«

»Es war genauso mein Fehler, Jeremy. Du hattest allen Grund, verärgert zu sein. Du mußtest ja durch mein Verhalten glauben, daß ich mit dir schlafen wollte.«

»Sandra, du weißt doch, daß ich dir nie weh tun würde?«

Sie schaute ihn an, als sie seinen selbstquälerischen Ton hörte. »Aber natürlich«, versicherte sie leise.

»Du weißt, daß ich dich nie gegen deinen Willen zwingen würde . . .«

»Ja!«

Jeremy ging zu einem Stuhl und ließ sich darauf

fallen. »Du hast gesehen, wie ich Alicia geküßt habe.« Es war keine Frage, nur eine Feststellung.

Wieder fühlte sie den Schmerz, der sich wie ein Pfeil in ihr Herz gebohrt hatte. »Das ist etwas Normales zwischen Verlobten.«

»Aber nicht, wenn der Mann sich damit eine andere Frau aus dem Kopf zu schlagen versucht. Wenn er damit vergessen will, wie aufregend es ist, diese andere Frau zu küssen.« Er schaute flehend zu ihr auf.

»O Jeremy, hör bitte auf!« Sandra bedeckte ihr Gesicht mit beiden Händen.

»Das war der einzige Grund, weshalb ich die arme, verdutzte Alicia geküßt habe. Ich garantiere dir, von mir war sie solche unbändige Leidenschaft nicht gewohnt. Ich mußte wissen, ob ich dabei auch nur im entferntesten das fühle, was ich empfinde, wenn ich dich küsse. Natürlich nicht. Denn Alicia ist nicht du.«

»Sag so etwas nicht zu mir.« Sandra schluchzte auf.

»Ich weiß nicht, wie ich je mit ihr schlafen soll, wenn wir verheiratet sind.« Jeremy erhob sich von seinem Stuhl, trat auf Sandra zu und zog ihr die Hände von ihrem tränenüberströmten Gesicht. »Vielleicht werde ich mir vorstellen, sie wäre du.«

»Nein!« Abrupt drehte Sandra ihm den Rücken zu und weinte verzweifelt. Die Tränen, die sie seit Tagen hatte weinen wollen, flossen jetzt über ihre Wangen. Vorsichtig drehte Jeremy sie wieder zu sich herum und streichelte tröstend ihre Wange.

»Weine für uns beide, Sandra«, flüsterte er und hörte nicht auf, sie liebevoll zu streicheln.

Er preßte ihr nasses Gesicht gegen sein Hemd und

tröstete sie wie ein Kind, während sie weinte. Mit beiden Händen streichelte er ihren Rücken.

Sie ließ es zu. Denn sie konnte sich nicht erinnern, je in ihrem Leben getröstet worden zu sein. Sie hatte sich immer die Sorgen anderer angehört, sich selbst aber nie den Luxus erlaubt, über ihre Enttäuschungen zu sprechen. Unter Jeremys liebevollen Händen und tröstenden Worten konnte sie ihren Tränen freien Lauf lassen.

»Wir werden nicht mehr davon sprechen, Sandra. Du hattest vollkommen recht. Ich kenne meine Verpflichtungen, und es wäre unfair von mir, dich weiterhin so zu bedrängen. Wir werden uns wohl niemals lieben dürfen, aber ich wäre sehr gern dein Freund. Willst du mir einen Gefallen tun?«

Mit tränenden Augen sah Sandra zu ihm auf. »Was für einen Gefallen?«

»Würdest du mein Manuskript lesen?«

Sandra wußte, daß sie ein furchtbar dummes Gesicht machte. Jeremy freute sich offenbar über ihre Verwunderung, denn er lächelte sie auf seine liebenswerte Art an.

»Aber du hast doch gesagt, daß niemand dein Manuskript lesen darf, bevor es fertig ist!«

»Das darf auch niemand. Dies ist eine Ausnahme. Ich möchte, daß du ›*Die schlafende Herrin*‹ liest und mir deine Meinung dazu sagst – deine ehrliche Meinung.«

»Ich wußte gar nicht, daß du mit dem Buch schon fertig bist.«

»Bin ich auch nicht. Deswegen möchte ich auch, daß du es liest. Ich habe Schwierigkeiten mit dem letzten Kapitel. Wenn du die ersten Kapitel liest und mir deine Ansichten mitteilst, gibt mir das vielleicht den entscheidenden Anstoß.«

Sandra überlegte kurz und sagte dann langsam: »Alicia wird empört sein.«

»Sie wird es gar nicht erfahren. Jedenfalls habe ich nicht vor, ihr zu erzählen, daß du es gelesen hast.«

Ziellos wanderte ihr Blick über sein Gesicht, während sie ihre Entscheidung abwägte. »Alicia sollte diejenige sein, die für dich das Manuskript liest.« Sandra wollte sich nicht vorwerfen lassen müssen, sich auf Alicias Platz zu drängen.

»Sie wäre begeistert von meiner Arbeit, oder zumindest würde sie das behaupten, um mich nicht zu kränken. Das ist nicht als Kritik an ihr gemeint. Sie würde mich nicht vor den Kopf stoßen wollen.«

»Woher weißt du, daß ich mich nicht genauso benehme? Vielleicht erzähle ich dir auch nur, was du hören willst, und nicht, was ich wirklich denke.«

Jeremy lachte sein tiefes, volles Lachen, das sie mit Wärme umgab. »Bis jetzt hast du dich auch nicht gescheut, mir Dinge zu sagen, die ich nicht unbedingt hören wollte. Sogar auf die Gefahr hin, mich wütend zu machen. Warum solltest du mich jetzt schonen?« Er beobachtete ihren wechselhaften, unentschlossenen Gesichtsausdruck. »Es wird dich doch nicht zu viel Arbeit kosten, oder? Du könntest an den Abenden lesen.«

Das brachte Sandra zum Lachen. »Ich werde diese Woche kaum viel zu tun haben. Du bist mein einziger Gast.«

»Da wir gerade bei diesem Thema sind – behandle mich nicht mehr so untertänig wie den normalen Gast. Und wir könnten abends ab und zu zum Essen ausgehen.« Als Jeremy sah, daß sie Einwände erheben wollte, legte er ihr einen Finger auf die Lippen. »Darauf bestehe ich. Betrachte es als Bezahlung dafür, daß du mein Manuskript liest.«

»Dann betrachten wir es als Tauschgeschäft.«

»Aber . . .«

»Mein Gott, bist du stur. Na gut, dann machst du mir eben mein Frühstück und servierst es mir in der Küche, und abends gehen wir entweder aus oder essen Butterbrote oder irgend etwas Schnelles. Abgemacht?«

Jeremy streckte ihr die Hand entgegen. Sandra schüttelte sie fest. »Abgemacht.«

»Besiegelt mit einem Handschlag und . . .« – er beugte sich zu ihr hinunter – ». . . einem Kuß.«

Sie küßten sich schnell und flüchtig – wie zwei gute Freunde. Trotzdem versetzte sie die Berührung seiner Lippen in eine Erregung, gegen die Sandra sich nicht wehren konnte. Ihrer beider Lippen öffneten sich nicht, ihre Zungen blieben still, es wurde kein Kuß des unbändigen Verlangens. Und doch gab er ihnen mehr als alle anderen. Es war eine Erklärung nicht der körperlichen Anziehung, die sie auch füreinander empfanden, sondern die Erklärung ihrer gedanklichen Verbundenheit.

Als Jeremy sich zurückzog, glänzten seine sherryfarbenen Augen vor Verlangen. »Wann möchtest du anfangen?« fragte er atemlos.

»Heute abend.«

Glücklich erkannte er, daß ihre ganzen Einwände nur vorgetäuscht gewesen waren. Der Eifer, mit dem sie sein Manuskript lesen wollte, erfüllte ihn mit Stolz.

Sandra war nicht weniger stolz. Jeremy gewährte ihr ein Sonderrecht, das er niemanden sonst zugestehen würde.

Er überließ ihr sein Werk. Und sie wußte, daß ihm das am allermeisten bedeutete.

# 7

»Muß ich erst ›bitte, bitte‹ sagen?« fragte Jeremy am nächsten Morgen am Küchentisch. Sandra stand am Herd und machte Rührei.

»Ich muß dich bestrafen, weil du zum Frühstück in die Küche gekommen bist. Das Frühstück gehört doch zu unserer Abmachung. Ich wollte es dir auf dein Zimmer bringen.«

Er trank von seinem Kaffee. »Ich bin schon seit Stunden auf und habe nur auf die passende Zeit gewartet, um herunterzukommen. Wie weit hast du schon gelesen?«

»Iß die Eier.« Sandra stellte den Teller vor ihn hin.

Jeremy murmelte irgend etwas Unverständliches, machte sich aber eifrig über sein Frühstück her, während Sandra in kleinen Schlucken ihren Kaffee trank. Sie saßen sich am Tisch gegenüber, beide leger gekleidet, und Sandra stellte sich vor, daß das immer so sein würde und daß Alicia nicht existierte. Sie und Jeremy hatten Fairchild House ganz für sich allein, und nie war es Sandra gemütlicher vorgekommen. Es war wie ein schützender Kokon, der sie von der Außenwelt abschloß.

»Was hältst du von dem ersten Kapitel?« fragte Jeremy mit vollem Mund. »Hast du wenigstens schon das erste Kapitel gelesen?«

»Im Wetterbericht heißt es, daß wir mindestens noch drei Tage Regen haben werden.« Sandra stellte sich absichtlich taub und bestrich eine Scheibe Toast sorgfältig mit Marmelade.

»Ja, ja, ich hab' schon verstanden«, brummte Jeremy. »Gib mir bitte den Schinken.«

Als sie fertig waren, trug Sandra die Teller zum Spülbecken und kam mit der Kaffeekanne zum Tisch zurück. Sie goß nach. Jeremy beobachtete ungeduldig jede ihrer Bewegungen.

»Dein erstes Kapitel ist ausgezeichnet«, sagte sie und rührte gedankenverloren mit dem Löffel in der Tasse.

Jeremy entspannte sich. »Und das sagst du nicht nur so?« Er schob die Brille auf den Kopf, wo sie von den wuscheligen Haaren gehalten wurde.

Ihr Lachen klang voll und angenehm. »Nein.« Sandra schüttelte den Kopf. »Ich dachte, der Mann, der voller Furcht vor seinem Verfolger die Straße hinunterrennt, wäre der Held.«

»Das solltest du auch denken.«

»Wie du seine hallenden Schritte auf der dunklen, nassen Straße beschreibst, seinen dröhnenden Herzschlag ... nun, du weißt ja, was du geschrieben hast. Jedenfalls finde ich die Szene großartig. Ich konnte seine Angst, seine Panik direkt körperlich fühlen. Mein Herz klopfte schneller – wie seins. Ich war so überrascht ...«

»Als sich herausstellte, er ist der Bösewicht und sein Verfolger der Held.«

»Ja! Das war wirklich ein raffinierter Dreh. Die Leser werden begeistert sein. Aber ...«

»Was aber?« fragte Jeremy interessiert.

Sandra schauderte. »Mußtest du diesen Mord so brutal und ausführlich darstellen?«

Jeremy grinste. »Es war kein Mord, sondern eine Hinrichtung. An einem Verbrecher, der schreckliche Greueltaten begangen hatte. Übrigens soll der Held nicht nur heldenhaft, sondern auch gefährlich sein. Ein großer Teil meiner Leser sind Männer. Sie genießen so etwas. Und wenn jemand aus nächster Nähe erschossen wird und die Fetzen fliegen, ist das viel grauenhafter, als ich es überhaupt beschreiben kann. Eigentlich kann man es gar nicht beschreiben ...«

Sandra schluckte schwer. »Hast du so etwas ... schon einmal gesehen?«

»Ja. Ein Bekannter von mir arbeitet für den FBI, und als ich ihm erzählte, was ich brauchte, rief er mich an, sobald ...«

»Ich glaube nicht, daß ich mehr wissen möchte«, unterbrach sie schnell.

»Na gut.« Jeremy lächelte. »Mehr als das erste Kapitel hast du nicht geschafft?«

»Doch, die ersten vier. Und sie sind fabelhaft, Jeremy.«

»Wirklich?«

»Wirklich. Hand aufs Herz.« In kindlicher Geste unterstrich sie diese Aussage, aber der funkelnde Blick, der die Wanderung ihrer Hand in das Tal zwischen ihren Brüsten verfolgte, war recht erwachsen. Er zwang den Blick zurück auf ihr Gesicht. »Kannst du alles lesen? Ich habe viel durchgestrichen und drübergeschrieben.« Sie nickte. »Die Geschichte ist wahnsinnig spannend, und du hast den Helden in eine solch unmögliche Situation kommen lassen, daß ich gar nicht abwarten kann, wie er wieder herausfindet.« Die Begeisterung fiel plötzlich wie eine Maske von ihrem Gesicht ab. »Er wird doch hoffentlich nicht sterben, oder?«

Jeremy grinste über ihre Anteilnahme. »Nein, er wird nicht sterben.«

»In diesem Fall kann ich nicht abwarten, weiterzulesen. Willst du heute arbeiten?«

»Ja. Ich muß noch eine Szene im sechsten Kapitel ändern, bevor du es liest.«

Während sie sich unterhielten, hatte Sandra den Tisch abgeräumt. Jetzt bückte sie sich, um die Spülmaschine zu laden. Sie ahnte nicht, wie provozierend ihre Pose von hinten aussah. »Warum?«

»Du hast mir eine Idee geliefert.«

Sie drehte sich um. Von ihren Fingern tropfte Wasser auf den makellosen Fußboden. *»Ich?«*

»Ich habe dir doch gesagt, daß du in Jeans besonders hinreißend bist. Das will ich in dem Buch verwenden.«

Sorgfältig trocknete sie ihre Hände an einem

Geschirrtuch ab. »Ich trage heute nur Jeans, weil keine Gäste im Haus sind und weil ich in einer der Duschen etwas verspachteln muß.«

»Wie kannst du dich nur dafür entschuldigen, wahnsinnig sexy auszusehen, Sandra«, sagte Jeremy weich.

Schüchtern schob sie eine Haarsträhne hinters Ohr. »Ich ... wollte nicht sexy ... aussehen ...«

Sein Blick ging ihr durch und durch. »Das weiß ich. Du tust nichts dafür. Deshalb ist es ja so wirkungsvoll.«

Jeremys Stimme fühlte sich wie ein Nerz-Handschuh an. Sie hatte in einer Zeitschrift eine Werbung für ihn gesehen. Es war ein Sex-Spielzeug für Verliebte, die sich damit gegenseitig massieren konnten. Und so streichelte Jeremys Stimme jetzt ihre Ohren.

»W ... wie kannst du denn meine Jeans in deinem Buch verwenden?«

»Im fünften Kapitel wird Gregory von einem Schuß in die Schulter getroffen. Er irrt durch ein Dorf in der Schweiz, benommen vom Fieber und von den Schmerzen. Lisa findet ihn schließlich und läßt ihn in ihr Apartment bringen, wo sie sich um seine Verletzung kümmert. Nach mehreren Tagen Besinnungslosigkeit kommt Gregory schließlich wieder zu sich. Lisa sieht aus wie ein Engel, als sie sich über ihn beugt. Er setzt sich auf und legt seinen Kopf an ihre Brust, als müsse er sich darüber klar werden, ob er noch lebt oder nicht. Als er ... eh ... körperlich auf sie anspricht, weiß er, daß er nicht tot ist.«

»Was ist daran nicht in Ordnung?« Sandra betrachtete ihn fasziniert. Seine Augen zogen sie magnetisch an, und wie unter Zwang ging sie auf Jeremy zu, der immer noch am Tisch saß.

»Es war in Ordnung.« Er räusperte sich. »Aber noch besser gefällt mir, wenn er die Augen öffnet und als erstes dieses verführerische Hinterteil in den engen Jeans sieht. Lisa könnte sich gerade über das Fußende beugen und die Decke feststecken. Ja, das ist es«, sagte Jeremy einer Eingebung folgend. »Gregory hat Fieber und dabei die Bettdecke zu Boden geworfen. Er richtet sich auf und berührt Lisas ... Po, als wäre er unsicher, ob er träumt oder wacht.« Jeremy legte seine Hand auf Sandras Hüfte. »Er streichelt ihn. Er ist rund und fest. Lisa weiß, was in Gregory vorgeht, und steht vollkommen still, damit er die Empfindung, daß er lebt, voll auskosten kann.«

Jeremy massierte sie sanft und rhythmisch, und Sandra wiegte sich leicht hin und her. Instinktiv hob Sandra die Hände zu seinem Kopf und nahm ihm die Brille ab. Fürsorglich strich sie ihm die hellen Haarsträhnen zurück und streichelte seine Stirn, als wäre er es gewesen, der gerade zu Bewußtsein gekommen war.

»Dann legt er seine Hand ... hierher.« Jeremy sah auf ihren Bauch. Die Zipfel ihres einfachen Hemdes waren um die Taille verknotet. Er legte seine Hand auf den Reißverschluß ihrer Jeans, und Sandra spürte seine Finger auf der sanften Schwellung ihrer Weiblichkeit.

»Schließlich«, fuhr Jeremy mit seiner dunklen, faszinierenden Stimme fort, »öffnet Gregory den Knopf und zieht den Reißverschluß auf.«

Er machte keine Bewegung, aber die Wirklichkeit hätte nicht eindringlicher sein können als seine

Worte. Sandra schloß die Augen. Sie konnte es sehen. Sie konnte es fühlen.

»Er öffnet den Reißverschluß so weit, bis er den Spitzenrand ihres Höschens sehen kann. Gregory lächelt, halb amüsiert, halb ängstlich, weil das alles immer noch der Fieberwahn sein kann. Dann berührt er ihre Haut mit den Fingerspitzen, läßt sie auf ihrem Bauch auf und ab gleiten. Mit einem leisen Stöhnen setzt er sich hin und lehnt den Kopf gegen sie. Er preßt seinen Mund gegen ihre Haut, die so weich und zart ist und so gut duftet. Er küßt ihren Nabel, erforscht ihn mit der Zunge.«

Unwillkürlich stöhnte Sandra, und obwohl Jeremys Hand sich nicht bewegt hatte, kam es ihr vor, als würde er all das tun, was er ihr gerade beschrieben hatte. »Gregory seufzt erleichtert. Lisa ist keine Wahnvorstellung. Er sinkt in die Kissen zurück, und seine Hand fällt wieder auf die Bettdecke.«

Sandra erwachte aus ihrer Verzauberung, als Jeremy jetzt seine Hand von ihrem Körper nahm. Sie zog die Hand von seiner Schläfe weg, wo ihre Finger durch seine weichen Haare gefahren waren.

»Gregory schließt die Augen und schläft ein. Nun weiß er, daß er überleben wird, denn Lisa existiert wirklich, und sie ist hier bei ihm.«

Es vergingen ein paar Sekunden, bis Jeremy sich schließlich aus seinen Phantasien riß und Sandra ansah. »Wie fühlt man sich als Muse?«

»Geehrt.« Sie holte tief Luft und bemühte sich um einen normalen Tonfall. Ihre Beine drohten nachzugeben, und sie stolperte vom Tisch weg. Es wurde unbedingt notwendig, den Abstand zwischen ihnen zu vergrößern. »Aber die Muse muß jetzt einige Reparaturen erledigen.«

Es war ein verzweifelter Versuch von Sandra, zu ihrer mit Jeremy vereinbarten freundschaftlichen Beziehung zurückzufinden. Es war ein tapferer Versuch, aber sie konnte nicht verhindern, daß ihre Lippen bebten, und daß in ihren Augen Tränen schimmerten.

Jeremy ließ sich nicht anmerken, ob ihm auffiel, wie schwer Sandra in die Wirklichkeit zurückfand. Er stand auf. »Und der Schriftsteller muß ein Kapitel überarbeiten und ein weiteres verfassen.«

Sie gingen beide ihrer Wege, aber es dauerte lange, bis sie sich jeweils auf ihre Arbeit konzentrieren konnten.

»Du bist verrückt, Jeremy.«

»Komm schon. Nur noch ein paar Meter. Wo bleibt dein Abenteuergeist?«

»Der ist in meinem warmen, trockenen und hellen Wohnzimmer geblieben. Wie kannst du hier überhaupt etwas sehen?«

»Mit meinem Nachtblick. Stell dir mal vor, wir sind da.«

Sandra blickte um sich und sah nichts als Nieselregen in undurchdringlicher Dunkelheit. »Wo denn?«

»Bei der Bank oben auf dem Hügel.«

Es hatte bereits gedämmert, als Jeremy die Treppenstufen heruntergesprungen war und Sandra gesagt hatte, sie solle sich ihren Mantel schnappen und mitkommen. Zu ihrer Überraschung hatte er darauf bestanden zu fahren. Ihre Fragen nach dem Ziel ihrer Fahrt blieben unbeantwortet. Jeremy machte bei einem Laden halt, kaufte einen Laib

Brot, eine Flasche Rotwein, Aufschnitt und ein Stück Käse, und weiter ging es über die Golden Gate Bridge. Auf der anderen Seite war Jeremy sofort links abgebogen, durch einen langen, pechschwarzen Tunnel gefahren und hatte schließlich über eine gewundene Straße einen Hügel erreicht, der über der Bucht lag.

»Ab hier gehen wir zu Fuß«, beschloß er und stellte den Motor ab.

»Zu Fuß?« fragte Sandra ungläubig. »Wohin denn?«

»Zur Spitze.«

Jetzt zog Jeremy sie neben sich auf eine kalte, harte Bank und beschrieb mit dem Arm eine weit ausholende Geste. »Von hier aus, Mrs. Fairchild, haben Sie den schönsten Blick auf San Francisco.«

Zu ihrer Rechten erstreckte sich der Pazifische Ozean, dunkel, geheimnisvoll und nebelverhangen. Links lag San Fancisco wie ein Juwel eingebettet in die hügelige Landschaft. Im Vordergrund erkannte Sandra die skelettartigen Konturen der Golden Gate Bridge.

»Der schönste Blick auf San Francisco, vollkommen verschwommen durch Regen und Nebel«, sagte sie trocken.

»Nach einem ordentlichen Imbiß wirst du dich besser fühlen«, meinte Jeremy mit verhaltenem Lachen.

Sie aßen das Brot, das sie unter Sandras Poncho trockenhielten, und ließen sich Wein und Käse schmecken.

»Bist du heute nachmittag zum Lesen gekommen?« wollte Jeremy zwischendurch mit gespielter Gleichgültigkeit wissen.

»Ja. Ich hatte ein richtig schlechtes Gewissen, daß ich gelesen habe anstatt sauberzumachen oder zu kochen. Aber ich war so gefesselt, daß es mich nicht einmal störte.«

»Schön. Das muß auch einmal sein. Trotz des mehr als ungünstigen Wetters mußte auch dieser Abend im Freien einmal sein. Gefällt er dir?«

Sandra lächelte ihm hingebungsvoll zu. »Ja«, sagte sie leise. »Sehr!«

Er schaute auf ihren Mund. Es war so schön, wenn sie so natürlich lächelte und sich nicht diese ernste Zurückhaltung auferlegte. Er war nicht sicher in der Dunkelheit, aber ihre Lippen leuchteten rosig vom Wein. Konnte es etwas Erregenderes geben, als diesen Wein von ihren Lippen zu lecken? Er verdrängte diesen Gedanken. »Was ist mit dem Buch?«

»Ich bin begeistert. Ich finde, es ist das beste, das du je geschrieben hast.«

»Ehrlich?«

»Ehrlich. Da ist nur eine Szene, die mich stört.« Sie zog den Poncho enger um sich. Der Seewind war kalt.

»Kalt?«

»Ein bißchen.«

»Komm.« Jeremy zog sie auf seinen Schoß. »Ich bin ein prima Windschutz. Mach dir's bequem.«

Er lehnte sich mit ausgestreckten Beinen zurück, und Sandra schmiegte sich zaghaft an ihn. »Ist es so besser?« fragte er nahe an ihrem Ohr.

Sein Atem streifte warm ihre Haut. »Ja.« Es war herrlich. Trotz des Regens, der Kälte und des einfachen Abendessens hatte Sandra sich nie in ihrem Leben entspannter, zufriedener und wärmer gefühlt.

»Nimm noch einen Schluck Wein.« Jeremy reichte ihr die Flasche, und Sandra nahm einen tiefen Zug, was eigentlich nicht nötig war, denn ihr Kopf schwirrte bereits, und ihr Körper fühlte sich köstlich schwer an. Jeremys Arme schlossen sich unter ihrem Poncho um sie. »Also, welche Szene hat dich gestört?«

Sie glaubte nicht, einen klaren Gedanken fassen zu können – trunken vom Wein und der erregenden Haltung ihrer Körper. An ihrem Po spürte sie den Druck seiner Erregung. Mühsam konzentrierte sie sich.

»Als Gregory Lisa tröstet, nachdem sie den Terroristen entkommen sind, weißt du, was ich meine?«

»In dem alten Gasthaus?«

Gedankenverloren streichelten seine Finger über ihren Bauch. Mühsam unterdrückte Sandra ein lustvolles Stöhnen. »Ja. Nun, ich finde, die Szene ist dir mißglückt.« Ihre Worte überschlugen sich. »Aber das ist nur meine ganz persönliche Meinung. Ich habe keine Ahnung vom Schreiben.«

»Keine Sorge, ich bin nicht beleidigt. Ich habe dich ja gefragt. Rede weiter.«

Jeremys Hand brannte auf ihrer Haut, blieb jetzt dicht unter ihrer Brust liegen. »Lisas Gefühle sind in äußerstem Aufruhr. Sie ist in Angst und Schrecken versetzt worden, ist gerade noch einmal mit dem Leben davongekommen – wie Gregory.«

Seine Hand bewegte sich. Jeremy hätte Sandra auch nicht wirkungsvoller zum Schweigen bringen können, wenn er ihr den Mund zugehalten hätte.

»Rede weiter.« Sein Flüstern war kaum mehr als ein Hauch an ihrem Ohr.

»Diese Szene, als er sie tröstet, nachdem ihr klargeworden ist, daß ihr Kind wirklich bei dem Überfall getötet worden ist ...«

»Mhmm.« Seine Lippen berührten jetzt ihr Ohrläppchen.

»Das hast du wundervoll beschrieben. Es ist genau das, was Lisa in diesem Moment braucht. Kameradschaftlicher Trost. Aber ich glaube nicht, daß ihr das in dieser anderen Szene genügt.«

»Wie meinst du das?«

»Gregory hält sie im Arm. Sie ist außer sich, klammert sich fast hysterisch an ihn. Dann küßt er sie einfach, und sie schläft ein. Ich glaube, daß ihr das nicht genügt. Bestimmt ...«

»... möchte sie mit ihm schlafen!« ergänzte Jeremy.

Sandra stockte der Atem, als sie in diesem Moment merkte, daß seine Hand gewandert war und jetzt die volle weiche Rundung ihrer Brust umschloß.

»Ja«, hauchte sie. »Lisa ist leidenschaftlich und temperamentvoll. Sie würde die Tatsache, daß sie beide noch leben, so stürmisch wie möglich feiern. Sie will die explosiven Gefühle, die in ihr aufgestaut sind, herauslassen.«

»Du meinst also, sie sollten sich lieben?«

»Ja. Schnell, hitzig, fast brutal.«

Sie wußte nicht, daß sich ihre Muskeln bei jedem Wort zusammenzogen und auf die Leidenschaft der Szene reagierten, die sie sich vorstellte, bis sie spürte, wie ihre Hüften gegen Jeremys Schoß drückten und sie hörte, wie er tief einatmete.

Jeremy küßte sie sanft auf den Hals. »Das ist ein sehr guter Vorschlag, Sandra, sehr gut.« Seine Finger schlossen sich leicht, und sie spürte, wie sich ihre Brustwarze unter dem wachsenden Druck zusammenzog. »Ich bringe dich jetzt lieber nach Hause, bevor wir uns eine Lungenentzündung holen.«

Sein Arm lag fest um ihre Taille, als sie den steilen, steinigen Abhang hinunterstiegen. Am Auto gab Jeremy ihr einen schnellen, freundschaftlichen Kuß. »Vielen Dank für deine Hilfe. Ich werde morgen als erstes die Szene umschreiben.«

Der Tag nach ihrem ungewöhnlichen Picknick verlief ähnlich wie der vorige. Sie frühstückten gemeinsam in der Küche. Jeremy kehrte dann wieder zu seiner Schreibmaschine zurück, und Sandra beschloß, das Silber zu putzen. Zwischendurch las sie immer wieder in Jeremys Manuskript. Sie war jetzt vollkommen gefesselt von der Geschichte und den Figuren, die er so bewundernswert geschaffen hatte.

Spätnachmittags, als er zum Kaffee herunterkam, lud er Sandra zum Dinner ein.

»Drinnen oder draußen?« fragte sie ironisch.

Jeremy küßte sie rasch im Vorbeigehen. »Drinnen. Wo es Tische, Stühle und all das gibt.«

Für den Rest des Tages arbeitete Sandra an sich selbst. Sie lackierte ihre Nägel, nahm ein ausgedehntes Bad und bügelte ihr bestes Kleid. Es war ein weiches, anliegendes Wolljerseykleid in einem gedämpften Blauton, der die leuchtende Farbe ihrer Augen unterstrich.

All das entging Jeremy nicht, als sie sich später an dem festlich gedeckten Tisch gegenübersaßen und ein vorzügliches Essen genossen. Er hatte eines der Restaurants ausgesucht, von dem aus man einen

Teil des Hafens überblicken konnte. Segelboote und Kabinenkreuzer schlingerten verlassen im Wasser.

»Jeremy, warst du eigentlich je verheiratet?«

»Nein, noch nie. Einmal war ich nahe daran.«

»Und dann?« Jäh flammten zwei rote Flecken auf Sandras Wangen auf. »Du brauchst es mir nicht zu erzählen«, fügte sie hastig hinzu. »Ich weiß nicht, warum ich überhaupt gefragt habe.«

Jeremy griff nach ihrer Hand und drückte sie. »Weil du es wissen wolltest. Es ist kein Geheimnis, weswegen ich noch ledig bin. Die Frau, die ich heiraten wollte, war klug und schön – eine Innenarchitektin mit einer wachsenden Liste eindrucksvoller Kunden. Sie wollte, daß ich meinen Abschluß in Architektur dazu benutzte, Geld zu scheffeln, damit wir in Saus und Braus leben konnten. Ich wollte gern schreiben, auch wenn ich überhaupt nichts damit verdiente. Kurz gesagt, wir hatten unvereinbare Ziele und trennten uns in aller Freundschaft.«

»Was ist aus ihr geworden?«

»Sie hat einen erfolgreichen, ehrgeizigen Chirurgen geheiratet und lebt so, wie sie es sich gewünscht hat.«

»Aber ich wette, ihr erfolgreicher, ehrgeiziger Chirurg verdient längst nicht so viel Geld wie du«, scherzte Sandra.

Jeremy setzte eine ungläubige Miene auf. »Nanu, Mrs. Fairchild, ich bin verblüfft. Gibt es etwa einen boshaften Zug in ihrem ansonsten tadellosen Charakter?«

Sie lachten und machten sich, nachdem Jeremy gezahlt hatte, auf den Weg zum Parkplatz. »Ich wußte gar nicht, daß du dich einmal für Architektur interessiert hast«, sagte Sandra beiläufig.

»Ich habe fünf Jahre lang, qualvolle Jahre, Architektur studiert, um meinem Vater einen Gefallen zu tun. Er war der Ansicht, Schriftsteller wäre ein wenig aussichtsreicher Beruf.«

»Und was meint er jetzt?«

»Jetzt stellt er meine Bücher wie Trophäen auf dem Kaminsims aus. Er und meine Mutter leben in Palm Springs. Er war Bankier.«

»Liebst du deine Eltern?«

Jeremy blieb stehen und betrachtete Sandra lange, bevor er antwortete: »Ja. Weil sie mir das Leben geschenkt haben, und weil sie ihre Aufgabe an mir so gut erfüllten, wie sie konnten. Ich kenne ihre Mängel und war enttäuscht und furchtbar wütend, als sie mich wegen meiner Träume auslachten. Nun bin ich stolz auf das, was aus mir geworden ist, und versuche, ihnen nicht meine Fehler anzulasten.«

Sandra legte den Kopf auf die Seite. »Steckt da eine kleine Lektion drin?«

Jeremy lächelte: »Du bist nicht nur schön, sondern auch sehr aufnahmefähig.« Er nahm ihr Gesicht zwischen die Hände und sagte ernst: »Daß deine Eltern unfähig waren, dir ihre Zuneigung zu zeigen, heißt nicht, daß du nicht liebenswert bist, Sandra. Nicht du hast versagt, sondern sie. Sie haben sich um deine Liebe betrogen. Bitte, betrüge dich nicht selbst.«

Tränen glitzerten an ihren Wangen, und ihre Unterlippe zitterte, als Sandra »danke« flüsterte. Sie stellte sich auf Zehenspitzen und küßte Jeremy auf die Wange.

Auf der Heimfahrt hingen sie schweigend ihren Gedanken nach.

Ihre Tränen ließen die letzten Zeilen des getippten Textes verschwimmen. Sandra ließ das Blatt in den Schoß sinken, um es dann plötzlich gegen die Brust zu drücken. Schlimmer konnte sie es nicht mehr zerknittern. Die Ecken waren umgebogen. Zwischen den Zeilen standen gekritzelte Anmerkungen und Änderungen, aber die Worte auf dem Blatt hätten nicht schöner sein können, wenn sie in Silber graviert gewesen wären.

Nachdem sie von ihrem Dinner zurückgekehrt waren, hatte Jeremy ihr widerstrebend gute Nacht gewünscht und war nach oben gegangen. Die restlichen Kapitel des Manuskripts hatten so verlockend in ihrem Korb gelegen, daß Sandra sie in den Salon mitnahm, nachdem sie sich ausgezogen hatte und in ihren Veloursausmantel geschlüpft war. Sie hatte das Feuer geschürt und es sich mit einer Decke in einem großen Sessel bequem gemacht. Es brannte nur eine kleine Lampe auf dem Tisch neben ihr, und Sandra vergaß Raum und Zeit, als sie die Schlußszene von Jeremys Roman las.

Seine Gestalten lebten. Sandra war unsterblich in Gregory verliebt, mindestens ebenso wie Lisa. Je weiter sie las, desto mehr schien sie sich tatsächlich mit Lisa zu vereinigen, sie schien die gleichen Gedanken zu haben – die gleichen Empfindungen zu verspüren.

Als sie bei der Szene angekommen war, die sie in Jeremys Zimmer an seinem ersten Morgen durchgespielt hatten, war ihr, als hätte sie selbst die Geschichte geschrieben. Nicht, daß sie sie ähnlich überzeugend hätte erzählen können, aber Jeremy hatte ihre Unentschiedenheit, ihre Gefühle, seine körperliche Wirkung auf sie so messerscharf eingefangen, als hätte sie es ihm diktiert.

Wie konnte er sie nur so genau kennen? Ihre, Sandras, geheimsten Vorstellungen wurden in Lisas Gedankengängen bloßgelegt.

Jeremy hatte tatsächlich hinter Sandras Schutzschild den Menschen erkannt, der sie wirklich war. Genau wie es Gregory geschafft hatte, Lisa ihre Geheimnisse zu entlocken, hatte Jeremy alles, was Sandra Fairchild bewegte, zum Vorschein gebracht.

Er hatte in Worte gefaßt, was er in ihrer Seele gelesen hatte. Eine vollkommenere Nähe zu ihm konnte sie sich nicht vorstellen, es sei denn ...

Plötzlich fiel ihr Blick auf ihn, wie er im Schatten in der Tür stand, barfuß und ohne Hemd. Jeremy trug noch immer die helle Hose, die er zum Dinner getragen hatte. Sein Gesichtsausdruck war in der Dunkelheit nicht zu deuten.

Jeremy hatte sich nie ein schönerer Anblick geboten. Wie ein Kind hatte Sandra sich in den Sessel gekuschelt. Ihre Haltung mochte unschuldig wirken, aber ihr versunkener Gesichtsausdruck war der einer Frau.

Sein Herz zog sich zusammen, als er sah, daß sie die letzte Seite seines Manuskripts an ihre Brust drückte. An diesem verdammten Abschnitt hatte er einen ganzen Tag lang gearbeitet, hatte versucht, Lisas Gefühle zu Papier zu bringen. Erkannte sich Sandra darin wieder?

Hatte sie deshalb Tränen in den Augen? Sie glitzerten wie Diamanten im Feuerschein. In ihren Haaren fing sich der Lichtschein, es war ihm aufgefallen, daß sie sie nicht mehr streng zurückfrisierte, sondern es offen und locker bis auf die Schultern fallen ließ.

Jeremy rührte sich nicht, als Sandra sorgfältig das

Blatt in den Korb zurücklegte, ihre Beine aus der Decke befreite und aufstand.

Sein Puls begann zu jagen, und heiße Schauer liefen ihm über den Rücken, als auf einmal ihre Hand zum Reißverschluß ihres Hausmantels wanderte.

Wie erstarrt beobachtete Jeremy, wie ihre schlanken Finger den Reißverschluß bis – oh, lieber Himmel – unterhalb ihres Nabels öffneten. Nur ein schmaler Streifen Haut wurde seinen Augen enthüllt, aber der Anblick machte ihn verrückt. Ihr graziöser Hals, das Tal zwischen ihren Brüsten, ihr Nabel und . . .

Er zwang seinen Blick von ihrem erregenden Körper, und dann trafen sich ihre Augen.

Sandra lächelte auf eine verwirrend sinnliche Art, als sie den Hausmantel von ihren Schultern gleiten und zu Boden fallen ließ.

Jeremy hörte ein rauhes Stöhnen, das ihre nackte Vollkommenheit bewunderte. War er das gewesen? Das Klopfen seines Herzens dröhnte in seinen Ohren, schien den Raum zu füllen. Sandra war die zum Leben erweckte Venus. Der tanzende Feuerschein liebkoste schmeichelnd ihren Körper. Überall, wo das golden flackernde Licht sie berührte, wollte auch Jeremy sie berühren, mit seinen Händen, seinem Mund, seiner Zunge. Leidenschaft stieg in ihm auf, peinigte ihn, quälte ihn, schrie nach Erfüllung, die er nur in ihrem Körper finden konnte.

Er bewegte sich auf sie zu, noch bevor er ihre geflüsterten Worte verstehen konnte.

»Jeremy, liebe mich.«

# 8

»Sandra, Sandra«, stammelte er, als er sie erreichte und in die Arme schloß. Seine Hände gruben sich in die Fülle ihres Haars, und er blickte ihr voll Verlangen in die Augen.

»Du kannst dir nicht vorstellen, wie schön du bist. Ich liebe deinen herrlichen Körper.« Seine Worte klangen wie Musik in ihren Ohren. »Dein Mund ist so süß. Laß mich ihn schmecken.«

Er knabberte mit seinem feuchten Mund an ihren Lippen, seine Zunge erforschte ihren Mund, fuhr aufreizend langsam über ihre Unterlippe.

Sie wimmerte vor Ungeduld, und er hob den Kopf ein wenig an, um sie zu necken. »Kleines heißes Mädchen.«

»Ja, ja, ich bin's für dich. Küß mich.« Sie schlang die Arme um seinen Hals und schmiegte ihren Körper eng an ihn. Sandra stieß den Atem in einem langen, bebenden Seufzer aus, als sich seine Lippen über ihren Mund schlossen. Seine Zunge drang ein, erfüllte sie, streichelte ihre mit entschlossener Leidenschaft.

Mit einer starken Hand fuhr er ihren Rücken entlang, blieb auf ihrem Po liegen und preßte ihren Unterleib fest gegen seinen. Ihre Münder schrien nach Sauerstoff, aber sie verweilten nur kurz, dann wurde sie zur Aggressorin und drang mit der Zunge in ihn ein.

Langsam löste sich Jeremy von ihr, nahm die Decke auf und breitete sie vor dem Kamin auf dem vom Feuer angewärmten Teppich aus. »Leg dich auf den Rücken«, bat er Sandra leise.

Sie gehorchte. Ihr Blick ließ ihn nicht los, als er sich auszog. Mit einer raschen, fließenden Bewegung entledigte er sich seiner Kleidung und stand dann über ihr, nackt und stolz und erregt.

Jeremy suchte in ihrem Gesicht nach einem Anzeichen von Enttäuschung oder Reue. Seit seiner Pubertät hatte er sich nicht mehr so unsicher gefühlt. Er wollte für Sandra all das sein, was sie sich je von einem Mann erhofft hatte. Wie, wenn er ihr nicht gefiel, und wenn sie sich von ihm abgestoßen fühlte?

Aber alles, was er in ihren Augen sehen konnte, war Erwartung und Verlangen einer Frau, die geliebt werden wollte. Er legte sich neben sie, küßte sie zärtlich und lächelte glücklich, als Sandra die Arme um ihn schlang und ihn ungeduldig auf sich zog.

»Das wünsche ich mir schon so lange, nackt auf dir zu liegen«, murmelte Jeremy. »Sag, daß es für dich genauso schön ist wie für mich.«

Sie schloß die Augen voller Freude, seinen Körper auf sich zu spüren. »Es ist wunderbar.«

Jeremy preßte sein Gesicht in die Mulde zwischen ihrem Hals und ihrer Schulter, und sie strich durch sein helles, zerzaustes Haar.

Ihre Hände glitten weiter über seine Schultern und die glatte Fläche seines Rückens. Die Muskeln waren fest, die Haut fühlte sich warm an.

»Das ist alles so hart.«

Sandra spürte sein unterdrücktes Lachen.

»Mhmmm.«

»Ich meinte doch nicht nur *das*«, sagte sie mit schüchternem Lächeln. »Ich wollte sagen, ganz allgemein, überall.«

»Vielen Dank, aber im Moment ist mir *das* am wichtigsten.« Jeremy hob den Kopf und bedeckte ihre Lippen mit brennenden Küssen. »Und du bist weich. Weich und süß.«

»Ja?« seufzte sie, als er ihren Hals mit seiner Zunge streichelte.

»Ja, ja«, flüsterte Jeremy und umfaßte eine Brust, drückte sie sanft und hauchte einen zärtlichen Kuß auf die Spitze.

»Du schmeckst so verdammt gut, Sandra.«

Seine Zunge umspielte den Nippel, bis er sich verlangend aufrichtete. Sie hielt den Atem an, faßte mit beiden Händen in sein wuscheliges Haar.

»Magst du das?« fragt er, als sein Mund sich der

anderen Brust widmete, während er mit den Fingerspitzen über die eine strich, die schon von seinem Speichel glänzte.

»Jeremy, Jeremy.« Sie brachte immer nur seinen Namen heraus, während er sie in einen Wirbelsturm des Verlangens führte. Sie wußte, daß sie noch nie so geliebt worden war.

Seine Hand wanderte ihren Bauch entlang, massierte die vibrierende Haut. Er umkreiste den Nabel, und als die Hand tiefer glitt in jenes geheimnisvolle Dreieck ihrer Fraulichkeit, schaute er in ihre Augen. Er wollte ihre Lust darin sehen, als er mit gespreizten Fingern in das weiche Haarnest fuhr, als er sie reizte, liebkoste, streichelte und seine Finger dann sanft, behutsam forschend in sie hineinglitten.

»Oh, Sandra.« Wenn sie ihn nicht ständig angesehen hätte, um die Freude und den Stolz aufzunehmen, der aus seinen Blicken sprach, hätte sie die heisere Nennung ihres Namens nicht gehört. Ein leises Schnurren war ihre einzige Antwort. Dies und das sanfte Heben ihrer Hüften gegen seine Hand. »Ah, du bist eine wunderbare Frau.« Sein Forschen war jenseits aller Hemmungen.

Wellen der Lust durchfluteten sie und ließen sie immer ein bißchen atemloser zurück. Sie spürte, wie sie an seiner Hitze schmolz, sie fühlte, wie sich ihr Verstand zurückzog, wie nur noch ihr Körper bestimmte.

»Jeremy«, rief sie, als ihr Fleisch sich um seine Finger zusammenzog.

Er beugte sich über sie und küßte ihre Brüste, bevor er sich behutsam über sie legte und in sie eindrang.

»Oh, mein Gott«, raunte er in ihr Ohr, sein Kopf

neben ihrem. Prall und hart pulste er in ihr, während ihre Gedanken voll waren vom Wunder des Geschehens.

»Du füllst mich ganz aus.« Ihre Hände streichelten seinen Rücken, wollten ihn näher heranziehen. »Bewege dich ganz langsam.«

Er bewegte sich vorsichtig, als wollte er ihr nicht weh tun. »Du bist wunderbar«, flüsterte er heiser.

Es war wie auf einer Wolke. Sie fühlte sich umschlungen vom Glück, gebadet in Lust. Als sie nach dem Höhepunkt eng nebeneinander lagen, fragte sie mit matter, liebeserfüllter Stimme: »Was hast du mit mir angestellt, Jeremy Madison?«

»Ich habe dich so geliebt, wie du es verdienst.« Er hob den Kopf, und sein Blick umfing sie voller Liebe. »Die eigentliche Frage ist«, flüsterte Jeremy, »was du mit mir gemacht hast.«

»Wollen wir nach oben gehen?« fragte er leise. Sie lagen eng aneinandergeschmiegt, und Jeremys Finger spielten träge in ihrem Haar.

»Nein«, murmelte sie und holte tief Luft. »Noch nicht. Es ist zu . . . Ich möchte mich nicht rühren.« Über Sandras Gesicht flog ein glückliches Lächeln. »Es fühlt sich so gut an, neben dir zu liegen.«

»Wirklich?« Mit dem Zeigefinger hob er ihr Kinn, um sie zärtlich zu küssen. Sie zitterte. »Ist dir kalt?« Jeremy hatte sie beide in die Decke gewickelt.

»Nein, nein. In mir glüht noch alles. Es klingt nur allmählich ab.«

Er streichelte sie zwischen den Beinen, und sie spürte wieder Erregung in sich aufsteigen.

»Das war richtig schamlos von mir, einfach den Hausmantel auszuziehen. Dich einfach zu bitten, mich zu lieben.«

In diesem Moment war Sandra ihrem Instinkt gefolgt, und Jeremy hatte auf seine Art darauf reagiert. Keiner von beiden bereute es. Dessen war sich Sandra sicher. Jeremy würde Alicia für den Rest ihres Lebens gehören. Heute nacht gehörte er für ein paar kurze Stunden Sandra. Später konnte sie sich noch genügend Gedanken darüber machen, ob sie richtig gehandelt hatte. Im Moment war ihre einzige Sorge, daß sie ihn vielleicht enttäuscht hatte.

Sie schloß die Augen und gab sich ganz Jeremys zärtlicher Berührung hin.

»Sandra.« Er wiederholte ihren Namen, bis sie seinen Blick erwiderte. »Ich bin glücklich. Glücklicher, als ich es je mit einer Frau war und als ich je zu träumen gewagt hätte. Ich liebe dich, Sandra.«

»Ich liebe dich auch«, seufzte sie. »Ich liebe dich so sehr, daß es weh tut.« Tränen ließen ihre Augen schwimmen.

Jeremy küßte sie. »Ich glaube, der Kerl, mit dem du verlobt warst, war ein gefühlloser Trottel. Hat er dich nie in die Feinheiten der Liebe eingeweiht?«

Sandra schüttelte den Kopf. »Nein. Zumindest habe ich bei ihm nie das empfunden, was ich bei dir empfinde.«

»Man hat dir das Gefühl vermittelt, minderwertig zu sein, obwohl genau das Gegenteil der Fall ist. Dein Körper ist wunderschön, Sandra. Mit Ausnahme dieser tragischen Narbe.«

»Welcher Narbe?« fragte sie.

»Genau hier.« Sein Finger beschrieb eine Linie zwischen ihren Brüsten. »Hier ist dein Herz gebrochen worden. Die Narbe ist unsichtbar, aber ich kann sie erkennen. Doch keine Sorge, sie wird für alle Zeiten verschwinden.«

Seine Hand wanderte zu ihrer Brust und umschloß sie. »Laß nie mehr zu, daß man dich verletzt, Sandra. Du bist eine schöne und außerordentlich temperamentvolle Frau.«

Plötzlich zog Jeremy sie auf sich. Sandra fühlte seine Härte zwischen ihren Schenkeln. Sanft rieb er sich an ihr.

»Jeremy, du bist . . .«

»Verrückt nach dir. Wie sehr, wirst du gleich merken!«

Kleine Küsse auf ihrem Hals ließen sie langsam erwachen. Noch bevor Sandra die Augen öffnete, drehte sie sich auf den Rücken und streckte Jeremy die Arme entgegen. Es war aus vielen Gründen ein seltenes Privileg für ihn gewesen, sie in der Nacht nach oben zu tragen und in das Bett zu legen, in dem er so lange allein geschlafen hatte. Jetzt küßte er ihre Brüste, zog die Konturen mit der Zungenspitze nach.

»Das Frühstück ist bereitet, gnädige Frau.«

Sandra öffnete die Augen und sah zum Fenster hinüber. Es regnete noch immer, aber das rhythmische Geräusch war ihr willkommen. Der Regen sicherte ihnen ihre Abgeschiedenheit, trennte sie von der übrigen Welt.

»Was hast du gesagt?« murmelte sie seufzend. Ein glückliches Lächeln umspielte ihre Lippen, als er mit der Zunge über ihre Nippel streifte.

»Ich sagte, das Frühstück ist bereitet.«

»So? Und was wird der gnädigen Frau serviert?« Seine Fingerspitzen tänzelten leicht ihren Bauch hinunter.

»Ein Omelett, Brötchen, Orangenmarmelade, gebratener Speck und Kaffee.«

Sandra setzte sich im Bett auf, ohne darauf zu achten, daß ihr das Laken bis zur Taille hinunterrutschte. Ihr Blick fiel auf das schwer beladene Silbertablett am Fuß des Bettes, und sie schrie überrascht auf.

»Du bringst mir tatsächlich das Frühstück ans Bett!«

Jeremy ignorierte sowohl das Tablett als auch Sandras Überraschung. Mit einem Finger zog er spielerisch kleine Kreise auf ihren Brüsten. »So wie du mich letzte Nacht verwöhnt hast, war es das mindeste, was ich tun konnte.«

Er setzte sich auf den Bettrand, und gemeinsam machten sie sich über das Frühstück her.

»Köstlich«, meinte Sandra und schob sich noch einen Bissen von dem Käseomelett in den Mund. »Trotzdem hättest du das nicht tun sollen. *Ich* bin die Gastgeberin, hast du das vergessen?«

»Du hast es verdient, verwöhnt zu werden. Außerdem solltest du mir nicht zu voreilig danken.«

»Wieso?« fragte Sandra wachsam. Jeremy tat, als hätte er sie nicht verstanden.

»Jeremy?«

»Ich habe die Küche nicht aufgeräumt.«

Sandra legte ihre Gabel nieder. »Du willst damit doch sagen, daß meine Küche ein Trümmerhaufen ist, stimmt's?«

»Trümmerhaufen würde ich es nicht gerade nennen.«

Sandra stemmte die Hände in die Taille und versuchte, streng auszusehen. Jeremy mußte sich große Mühe geben, ernst zu bleiben, als sie fragte: »Sondern?«

Er verdrehte die Augen. »Eh . . . Schlachtfeld. Ja, das ist das richtige Wort. Deine Küche ist ein Schlachtfeld.«

»Was hat man davon, daß einem das Frühstück ans Bett gebracht wird, wenn man hinterher ein Schlachtfeld aufräumen muß?«

»Ist das eine Frage oder eine Feststellung?« wollte Jeremy wissen und nahm das Tablett vom Bett.

Und dann dachte Sandra nicht länger an die Küche. Sie war mit Jeremy zusammen in die Dusche gesprungen, wo er ihr den Körper einseifte und sie mit sanften Bewegungen massierte. Sie standen unter dem Wasserstrahl, ließen das Wasser an ihren Körpern hinablaufen, berührten sich, küßten sich und waren ausgelassen wie zwei Kinder.

Sandra lag schon wieder im Bett, als Jeremy aus der Dusche trat und sich mit einem Handtuch die Haare trockenrieb. Er ließ das Handtuch zu Boden fallen, trat achtlos darüber hinweg und blieb vor dem Bett stehen, ohne seinen Blick auch nur eine Sekunde von Sandra zu lösen. Er rührte sich nicht, als sie seine Hand ergriff.

»Du bietest einen sehr erfreulichen Anblick, Mr. Madison.«

»Ich habe knochige Knie.«

»Sie sind nicht knochig«, widersprach sie heftig. Als er sie skeptisch ansah, betrachtete sie seine Knie eingehender, lächelte und sagte etwas leiser: »Nun, jedenfalls nicht zu knochig.«

Sie zog ihn aufs Bett und drückte ihn neben sich. Mit hinter dem Kopf verschränkten Armen legte sich Jeremy auf den Rücken. Schüchtern berührte sie ihn, zog mit den Fingern die Konturen seines Körpers nach.

»So etwas ist neu für mich. Ich bin ein wenig unsicher, Jeremy.«

»Ich weiß«, sagte er leise. »Aber das sollst du nicht. Ich möchte nicht, daß du je davor zurückscheust, mich zu berühren.«

Vergangene Nacht wäre er nicht überrascht gewesen, wenn er entdeckt hätte, daß Sandra noch Jungfrau war. Es war ihm von Anfang an klar gewesen, daß sie wenig Erfahrungen hatte. Um so mehr machte es ihn glücklich, daß sie sich nackt vor ihn hingestellt und ihm gesagt hatte, daß er sie lieben sollte.

Sandra war eine temperamentvolle Frau. Ihre Bewegungen waren hungrig und wild gewesen, und er hatte bei ihr keine gespielte Leidenschaft oder einstudierte Zärtlichkeit festgestellt. Sie war vollkommen ehrlich gewesen, beinah unschuldig in ihrem Verlangen, und das hatte ausgereicht, sie mit einer Wildheit zu lieben, die ihn ängstigte. Im Vergleich zu ihr wirkten all die Frauen, die er je gekannt hatte, wie seelenlose Puppen, die ihm irgend etwas vorgespielt hatten.

Aber hatte er ihnen nicht selbst auch immer etwas vorgemacht? Hatte er nicht Dinge gesagt, von denen er wußte, daß sie sie hören wollten, um sie zu einem schnellen Höhepunkt zu bringen und danach seine Ruhe zu haben? Und oft genug war ihm die innere Leere hinterher unerträglich erschienen!

Letzte Nacht war es anders gewesen. Sobald sie sich geliebt hatten, war ihm bewußt geworden, daß Sandra einzigartig war. Mit ihr zu schlafen, hatte nicht die Befriedigung eines körperlichen Verlangens bedeutet, sondern die Erfüllung ihrer Liebe.

Es war wunderschön gewesen, sie mit Zärtlichkeiten zu verwöhnen. Und am liebsten hätte Jeremy den Kerl umgebracht, der sie zuvor darum betrogen hatte. Allerdings durfte er dabei eines nicht vergessen: hätte Jason sie so geliebt, wie eine Frau geliebt werden sollte, würde sie jetzt nicht ihm, Jeremy, gehören.

Nun kniete Sandra über ihm und machte sich schüchtern mit seinem Körper vertraut. Und er fragte sich, wie er es schaffen sollte, sie je wieder aufzugeben.

Sie lächelte ihn an, als ihr Finger gegen sein Knie tippte. »Gar nicht so knochig.« Ihre Hände wanderten weiter nach oben. Jeremy stöhnte, als sie die Stelle erreichten, wo seine Erregung bereits sichtbar geworden war. Sie streichelte ihn, drückte ihn und genoß es sichtlich, wie seine Härte unter ihren Fingern wuchs.

Und dann hielt er den Atem an, als Sandra sich vorbeugte – ihre Brüste drängten sich gegen seinen Oberschenkel –, und ihn mit ihrer Zunge berührte.

Jeremy keuchte. Seine Hände wühlten in ihrem Haar und drückten ihren Kopf hinunter. »Ja, Sandra, ja!« Lob spornte sie an. Sie schmeckte seine Haut und flüsterte: »Ich liebe dich.« Kurz bevor er den Höhepunkt erreichte, richtete er sich schnell auf, faßte Sandra unter den Armen und zog sie auf sich. »Warte, Liebling, warte!«

Eine Weile liebkoste Jeremy sie nur mit seinen Händen, bis er spürte, daß auch sie soweit war. Dann drang er mit einer schnellen Bewegung in sie ein. »Du gehörst mir, Sandra, ganz egal, was geschieht. Du mußt wissen, daß ich noch nie so geliebt habe . . .«

Später räumten sie gemeinsam die Küche auf. Sie küßten sich gerade beim Geschirrspülen, als das Telefon klingelte.

»Geh nicht 'ran.« Jeremy wollte sie zurückhalten.

»Ich muß aber. Vielleicht will jemand alle meine sechs Zimmer für die nächste Woche buchen.«

»Du hast nur fünf freie Zimmer. Es sei denn, du teilst deins mit mir«, rief er ihr nach, als sie ans Telefon eilte.

»Hallo. Ist Mr. Madison da?« erklang die Stimme eines Kindes.

»Ja. Wer ist bitte am Apparat?« Sandra umklammerte den Hörer. Ihr Herz wurde schwer. Sie wußte genau, wer anrief.

»David Russell.«

Sie schloß die Augen und unterdrückte ein Schluchzen. »Hallo, David. Hier ist Sandra. Kennst du mich noch?«

»Na klar. Meine Mami spricht dauernd von dir. Hast du blonde Haare?«

»Ja.«

»Sie sind schön. Kann ich jetzt mit Jeremy sprechen?«

»Es ist doch wohl alles in Ordnung? Mit deiner Mami und mit Adam?«

»Ja. Meine Mami ist nicht hier. Ich bin bei Omi. Aber sie hat mir erlaubt, zu telefonieren.«

»Warte eine Minute.« Sandra hielt den Hörer gegen ihre Brust gepreßt und versuchte, mit ihrer Verzweiflung fertig zu werden. Als sie sich schließlich umdrehte, um Jeremy zu rufen, stand er mit dem Geschirrtuch über der Schulter in der Tür und beobachtete sie.

Wortlos griff er nach dem Hörer und hielt Sandra fest, die an ihm vorbei wollte. Er setzte sich und zog sie auf seinen Schoß. Sie versuchte erfolglos, sich zu wehren. Jeremys Blick richtete sich auf ihr kreidebleiches Gesicht, als er den Hörer ans Ohr drückte.

»Hallo«, sagte er tonlos. »Hallo Kumpel, wie geht's deinem Bruder?« fuhr er lebhafter fort. »Ja, ich vermisse euch auch, aber du weißt doch, daß ich hier arbeiten muß ... Was macht Adam da? ... Nun, du bist der Ältere und mußt mit gutem Beispiel vorangehen ... Nein, gerecht ist es nicht, aber das Leben ist nun mal ungerecht.«

Sandra wußte, daß der letzte Satz ihr gegolten hatte. Seine Augen baten um Verständnis.

»Paß auf, sag Adam, er soll damit aufhören, dich an den Haaren zu ziehen. Ich werde mit ihm reden, wenn ich wieder da bin. In Ordnung? ... Ja, ich kann es auch kaum erwarten ... Bestimmt ... Zwei Eistüten. Tschüs.« Ohne Sandra loszulassen, legte Jeremy auf. Lange saß sie reglos auf seinem Schoß. »Laß mich gehen«, sagte sie schließlich fast unhörbar und merkte erst, als sie Jeremys Gesichtsausdruck sah, wie doppelsinnig ihre Bemerkung gewesen war.

»Ich kann nicht«, preßte er zwischen den Zähnen hervor. »Ich kann nicht.«

Sandra gab nicht vor, ihn mißzuverstehen. »Du mußt aber«, schluchzte sie und versuchte verzweifelt, sich aus seiner Umklammerung zu befreien.

»Aber heute noch nicht. Nicht jetzt.« Er preßte

sein Gesicht an ihre Brüste und schloß gequält die Augen. »Bitte, Sandra. Ich *brauche* dich. Bitte.«

Sie wollte ihm helfen, wollte ihn glücklich sehen. Zärtlich küßte Sandra ihn, küßte ihn immer wieder, streichelte ihn, bis Jeremy seine Augen öffnete und der Kummer in ihnen verzehrendem Verlangen gewichen war, und dann wiederholte sie seine Worte: »Ich brauche dich. Ich lebe erst, seit du da bist.«

Sie nahmen sich nicht die Zeit, sich ganz auszuziehen... Schon saß Sandra wieder auf Jeremys Schoß und spürte, wie er zu ihr kam. Ihre Umarmung war hitzig, verzweifelt. Sie war ein Wettlauf mit der Zeit, die ihnen noch blieb.

Sandra und Jeremy verschmolzen miteinander in dem Wunsch, die übrige Welt auszulöschen, ihr Gewissen auszuschalten und ihr kleines Paradies für immer festzuhalten.

Danach, als er seinen Kopf auf ihre Brust gelegt hatte und sie versonnen streichelte, murmelte er: »Sandra, jetzt kann ich die letzte Liebesszene schreiben.«

# 9

Den Rest des Nachmittags und den ganzen Abend arbeitete Jeremy an der Liebesszene in seinem letzten Kapitel. Hin und wieder warf Sandra einen Blick in sein Zimmer und brachte ihm etwas zu trinken.

Da sie spät und reichlich gefrühstückt hatten, bereitete sie nur ein leichtes Abendessen für Jeremy. Sie belegte zwei Sandwichs mit Schinken und brachte ihm das Tablett aufs Zimmer. Als sie eintrat, starrte er gerade auf den eingespannten Bogen Papier, die Ellbogen aufgestützt, das Kinn in den Händen.

Sandra setzte das Tablett so unauffällig wie möglich ab und wollte gerade auf Zehenspitzen das Zimmer verlassen, als Jeremy ihre Hand ergriff, sie an seine Lippen zog und sanft küßte.

»Danke, Liebste«, sagte er abwesend, ohne seinen Blick von dem Blatt Papier zu wenden. Diese spontane Geste seiner Zuneigung bedeutete Sandra mehr als eine lange, innige Umarmung. Er hatte es als sicher angenommen, daß sie seine Liebe auch dann spürte, wenn er sich auf seine Arbeit konzentrierte.

Sandra beschäftigte sich unten mit Hausarbeit, backte Plätzchen und machte sich schließlich für die Nacht fertig. Sie machte einen letzten Abstecher nach oben, um Jeremy einen Teller mit Plätzchen und eine Thermoskanne Kaffee zu bringen. Er brütete noch immer über seiner Manuskriptseite und bearbeitete sie unbarmherzig mit dem Rotstift.

Der Teller mit den Sandwichs war geleert. Sandra schob ihn beiseite und stellte den Teller mit den Plätzchen an seine Stelle. Auf einmal hob Jeremy den Kopf. »Was für ein himmlischer Duft ist das?«

»Schokoladenplätzchen.«

»Ich meine nicht die Plätzchen«, sagte er und zog Sandra an seine Seite. »Ich meine dich.« Er öffnete ihren Morgenmantel und legte seinen Kopf an ihre Brust. »Du riechst immer so gut«, murmelte er zufrieden und gähnte herzhaft.

Sandra fuhr ihm durchs Haar. »Bist du müde?«

»Ein bißchen. Aber ich muß noch ein Weilchen arbeiten.«

»Iß ein paar Plätzchen. Der Kaffee in der Kanne ist frisch und heiß.«

»Ich auch. Frisch und heiß, meine ich«, murmelte Jeremy mit einem Lächeln.

Sie legte ihre Hand unter sein Kinn und zwang ihn so, den Kopf zu heben. »Aber du mußt arbeiten«, sagte Sandra tadelnd.

»Sklaventreiber«, knurrte Jeremy.

Langsam beugte sie sich hinunter und küßte ihn keusch auf den Mund. »Gute Nacht.« Sie wandte sich zum Gehen, aber er erwischte den Saum ihres Nachthemdes und zwang sie stehenzubleiben.

»Was glaubst du, wo du hingehst?«

»Hinunter, ins Bett.«

»Falsch. Wohl ins Bett. Aber in das da drüben.« Er wies mit dem Kopf zu dem Bett, das sie während der letzten Nacht geteilt hatten.

»Aber du mußt doch arbeiten, Jeremy.«

»Das werde ich auch. Und du wirst schlafen. Wenn ich dich nicht störe.«

»Das ist nicht das Problem. *Ich* werde *dich* stören.«

Jeremy schüttelte den Kopf. »Nein. Bleib bitte hier bei mir.«

Sandra zögerte noch. »Bist du sicher?«

»Ganz sicher. Ich möchte dich hier bei mir haben.«

»Na gut. Ich bringe das Tablett hinunter und hole mir etwas zum Lesen. Aber wenn ich sehe, daß ich dich ablenke, gehe ich.«

»Abgemacht.«

Als Sandra zurückkehrte, war Jeremy schon wieder in seine Arbeit vertieft.

Sie schaltete die Nachttischlampe ein und schlüpfte in das Bett. Mit den Kissen im Rücken setzte sie sich zurecht, griff nach ihrem Jeremy-Madison-Roman und begann zu lesen.

So fesselnd die Geschichte auch war, nach zwei

Stunden konnte sie ihre Müdigkeit nicht länger unterdrücken. Sandra klappte das Buch und legte es auf den Nachttisch.

Jeremy brütete noch immer über den Seiten, die er getippt hatte. Sie schlief ein mit dem Klappern seiner Schreibmaschine im Ohr und voller Bewunderung für seine Selbstdisziplin.

Sie wurde vom Durchdrücken der Matratze wach, und einen Moment später spürte sie, wie sich sein schlanker, nackter Körper an sie schmiegte.

»Jeremy?«

»Wer sonst?«

»Bist du fertig?«

»Du fühlst dich so warm an.« Er kuschelte sich an sie und schlang eine Hand um ihre Hüfte.

»Bist du nicht müde?« fragte sie.

»Erschöpft.« Eine Hand machte sich an ihrem Nachthemd zu schaffen. Er löste die Schleife und küßte ihre jetzt bloßen Brüste. Plötzlich hob er den Kopf. »Entschuldige, Sandra. Ich bin egoistisch, daß ich dich mitten in der Nacht wecke.«

Als er mit der Handfläche leicht über die Brustwarzen hinwegstrich und sie sich aufrichteten, raunte sie: »Nun ja, so egoistisch bist du auch wieder nicht.«

Während er sein Kosen fortsetzte, drückte er seinen Mund auf ihren. Seine Zunge drang tief ein, rieb sich an ihrer, stieß rhythmisch zu. Er streifte ihr Nachthemd ganz ab, hob sich an, um ihren Körper in völliger Nacktheit bewundern zu können. Er sah, wie ihre Nippel fest und dunkel standen, beugte sich über sie und saugte sie abwechselnd in seinen Mund.

Jetzt war nicht nur ihr Bewußtsein wach, sondern jede Faser ihres Körpers. Sie rieb sich gegen ihn, gegen seine Hand, die über ihre Schenkel strich und forschend, tastend, kosend vordrang, den Weg bereitete, Lust entfachte. Sein Mund folgte der Hand, tauchte in den Nabel, leckte, saugte, als wollte er Nektar finden.

Sie spürte seinen Atem auf den zarten Härchen, und sie rief verwundert seinen Namen, verwundert und mit nicht wenig Furcht: »Nicht, Jeremy.«

»Ich liebe dich, Sandra. Ich will dich auf allen Wegen erfahren.«

Seine Bewunderung für sie, für ihren Körper war entschlossen und zärtlich. Sie fühlte sich nicht überrumpelt, viel eher überwältigt, als sie das Verwöhnen seiner Lippen, das Eindringen seiner Zunge spürte. Sie wurde eingehüllt von seiner Liebe, und als sie vom Höhepunkt geschüttelt wurde, krallte sie die Hände in seine Haare und rief seinen Namen.

Erschöpft und glücklich lagen sie nebeneinander, sie wie eine Puppe in seinen Armen, während seine Hände über ihren Rücken streichelten.

»Ich kann nicht glauben, daß ich bis heute ohne deine Liebe leben konnte«, flüsterte sie matt.

Als Sandra am nächsten Morgen die Augen öffnete, saß er am Bettrand und beobachtete sie. Er trug nur einen Slip, und sie mußte wieder einmal feststellen, wie hinreißend Jeremy doch aussah. Wortlos händigte er ihr die zerknitterten, rotbekritzelten Seiten seines Manuskripts aus.

Fragend blickte sie von ihm zu den Blättern. Sie nahm sie entgegen, setzte sich im Bett auf und zog sich das Laken über die Brust. Jeremy erhob sich lächelnd und ging zum Fenster hinüber, wo eine blasse Sonne durch die Wolken blinzelte.

Neugierig las Sandra Zeile um Zeile. Mit jedem Satz schien sich eine weitere Tür zu ihrer Seele zu öffnen. Nicht Gregory und Lisa lebten auf diesen Seiten, sondern Jeremy und sie, die sich ohne Vorbehalte liebten und ihre Liebe auf jede nur mögliche Art ausdrückten. Als Sandra die letzte Zeile gelesen hatte, ließ sie das Blatt sinken und suchte mit tränennassen Augen Jeremys Blick.

»Das sind wir, nicht wahr?«

Er trat vom Fenster weg und setzte sich neben sie. Mit zitternden Fingern strich er ihr das zerzauste Haar aus dem Gesicht. »Ja.«

»Wann hast du das geschrieben?«

»Jetzt eben. Ich habe die Liebesszene nicht hinbekommen bis . . . bis . . .« Sein Lächeln war halbherzig. Sie konnte auch in seinen Augen Tränen schimmern sehen.

»Der Schluß fehlt noch.«

»Ich kann den Schluß nicht schreiben, Sandra.«

»Aber du kennst ihn schon.«

»Wir beide kennen ihn.«

»Ja«, seufzte sie und schloß für einen Moment die Augen. »Wir haben von Anfang an gewußt, daß er sie verlassen muß.«

»Aber in der Zwischenzeit lieben sie sich ohne Reue, als gäbe es keine Zukunft, als wäre jeder Tag die Ewigkeit selbst.«

Sandra lächelte ihn mit bebenden Lippen an. »Ja«, sagte sie leise und nahm sein Gesicht zwischen die Hände, um ihn zu küssen. »Schlaf doch noch ein wenig. Dann bringe ich dir später dein Frühstück.«

»Unter einer Bedingung. Du bleibst bei mir, bis ich eingeschlafen bin.«

Als Antwort hob Sandra die Bettdecke und ließ ihn an ihre Seite schlüpfen. Innerhalb weniger Minuten war er eingeschlafen und wachte auch nicht auf, als sie leise aufstand. Auf seinem schönen Gesicht lag ein friedliches Lächeln.

Die Tage verstrichen viel zu schnell, und sie versuchten, die wenigen Stunden, die ihnen verblieben, nicht zu zählen. Der Regen, der ihnen so willkommen gewesen war, ließ allmählich nach, und zaghaft kam die Sonne wieder zum Vorschein.

Sandra konnte drei Buchungen für Zimmer notieren, die ursprünglich abbestellt worden waren. Die Gäste wollten in einer Woche eintreffen. Drei weitere Reservierungen für die kommenden Monate folgten. Mit ein wenig Glück würde sie so die Verluste durch das ungewöhnlich schlechte Wetter wieder ausgleichen können.

»Oho, was haben wir denn hier? Eine Buchhandlung!« meinte Jeremy vergnügt. Sie waren unterwegs, um die Küchenvorräte wieder aufzustocken und ein wenig Sonne zu tanken. Nachdem sie die Einkäufe im Auto verstaut hatten, hatten sie sich noch spontan zu einem Schaufensterbummel entschlossen. Jetzt ergriff Jeremy Sandras Arm und zog sie zum Eingang einer zweigeschossigen Buchhandlung.

Eine Glocke bimmelte hell, als sie eintraten. Ein

mürrischer älterer Mann blinzelte ihnen über den Rand seiner Brille entgegen und nickte grüßend, bevor er sich wieder seinem Buch zuwandte.

»Er hat dich nicht erkannt«, flüsterte Sandra, als Jeremy sie zu den Regalen mit den Romanen führte.

»Das bin ich gewöhnt. Doch so lange sie meine Bücher verkaufen, ist es mir gleichgültig.«

»Es liegt an diesem gräßlichen Bild auf dem Einband.«

»Wie würdest du mich denn photographieren lassen?«

Sandra zog seinen Kopf zu sich herunter und flüsterte ihm ihren Vorschlag ins Ohr. Jeremys Augenbrauen gingen in die Höhe. »Du bist ein lüsternes Weib, weißt du das?«

»Erst seit kurzem.«

»Nun, du hast Glück.« Er gab ihr einen liebevollen Klaps auf den Po. »Ich habe eine Schwäche für lüsterne Weiber.«

Sandra hielt seine Hand fest und blickte nervös über die Schulter. Glücklicherweise war der Buchhändler noch immer in seine Lektüre vertieft. »Ich weiß, Mr. Madison. Schließlich habe ich Ihre Bücher gelesen«, zischte sie.

»Warte ab, bis du das nächste gelesen hast. Es wird eine unglaubliche Badewannen-Szene enthalten.«

»Jeremy!« stieß sie hervor und stemmte die Hände in die Hüften. »Du hast mir versprochen, nicht darüber zu schreiben!« Sandra errötete höchst reizvoll.

»Habe ich das?«

»Ja!«

»Das habe ich nur getan, damit du mitmachst«,

meinte er ungerührt und zuckte mit den Schultern. Er ignorierte ihren empörten Blick und musterte die Regalreihen. »Ah, da haben wir's ja. Jeremy Madison.«

»Wie viele Madison-Romane gibt es eigentlich?« fragte Sandra.

»Zwölf. Und diese hervorragende Buchhandlung hat sie alle auf Lager. ›*Die schlafende Herrin*‹ wird der dreizehnte sein. Ich hoffe, das bringt kein Unglück.«

»Sind alle zwölf Bestseller?«

»Die ersten beiden nicht. Die anderen, ja.«

»Wie viele wurden verfilmt?«

»Zwei. Ein weiterer als Fernsehserie. Im Vorspann heißt es: ›Nach einer Erzählung von Jeremy Madison.‹«

»Dein ganzer Ruhm ist dir doch manchmal bestimmt unangenehm, stimmt's?«

»Ein bißchen schon.«

Seufzend lehnte er sich gegen das Regal und nahm ihre Hand.

»Nun, ich habe meinen eigenen Stil; ich mache meine Sache gut; ich unterhalte die Leser. Aber manchmal habe ich das Gefühl, daß mein Werk bedeutungslos ist. Was hatte ich für Erwartungen und Ziele, als ich anfing, und nichts davon hatte mit Geld zu tun.«

»Geld ist der Maßstab, an dem sich Erfolg mißt. Daß du eine Menge Geld damit verdienst, muß nicht unbedingt den Wert deines Werkes herabsetzen.«

»Mag sein«, sagte Jeremy mit einem bekümmerten Lächeln. »Trotzdem würde ich gern einen wirklich bedeutsamen Roman schreiben, ob er nun ein wirtschaftlicher Erfolg wird oder nicht.«

»Warum tust du es dann nicht?«

Sein Blick schweifte von ihrer Hand zu ihren Augen. Es war, als hätte ihn noch nie jemand dazu ermuntert. »Meinst du, ich könnte es?«

»Ich weiß, daß du es kannst. Du hast großes schriftstellerisches Talent. Lenk es doch einfach in die von dir gewünschte Bahn. Erfüll dir doch den Wunsch, dieses Buch zu schreiben. Ich nehme an, du hast schon eine Handlung im Kopf?«

»Ja.« Jeremy nickte aufgeregt.

»Gut. Schreib das Buch, das du gern schreiben möchtest, und dann mach wieder das, was deine Leser von dir erwarten. Zumindest du wirst dann zufriedengestellt sein. Und ich kann mir wirklich nicht vorstellen, daß dein Publikum auch nur *eines* deiner Werke ablehnen würde.«

Jeremy betrachtete Sandra eine ganze Weile wortlos, während seine Finger ihre Wange streichelten. »Du bist großartig«, meinte er schließlich.

»*Du* bist großartig«, erwiderte sie zärtlich.

»Ich liebe dich ganz schrecklich.«

»Und ich dich noch viel mehr.«

Er trat näher. »Ich kann dich mir genau unter deinem Pullover vorstellen. Meinst du, unser gelehrter Buchhändler würde es bemerken, wenn wir uns in sein Lager schlichen und . . .«

»Sie mal einer an, wir haben eine Berühmtheit unter uns!«

Die Stimme klang herablassend und ablehnend.

Der Störenfried war schmächtig und etliche Zentimeter kleiner als Sandra. Sein Haar lichtete sich bereits und war so frisiert, daß es die kahlen Stellen verdecken sollte. Der spitz zulaufende Bart verlieh dem Mann etwas Drohendes. Er musterte sie beide auf eine unangenehm aufdrängende Art.

»Nicht so bescheiden!« sagte Jeremy langsam. Er zog Sandra näher zu sich heran, als wollte er sie beschützen. »Sie sind mindestens eine solche Berühmtheit wie ich, Sydney.«

»Vielleicht eine Berühmtheit. Bescheiden? Ganz bestimmt nicht, Mr. Madison. Ich betrachte meine Meinung als unumstößlich. Dasselbe tun meine Leser.«

Sandra spürte, wie sich Jeremy vor Ärger verkrampfte. »Mr. Sydney Gladstone, Mrs. Sandra Fairchild.« Jeremy brachte die Vorstellung so formlos wie möglich hinter sich.

»Hallo, Mr. Gladstone«, murmelte Sandra.

»Mrs. Fairchild.« Gladstone machte eine zackige kleine Verbeugung.

Sandra wußte, wer dieser Mann war. Seine Artikel erschienen zweimal wöchentlich auf der Bücherseite des *Chronicle.* Sie las seine Beiträge nicht. Sie erschienen ihr bedeutungslos und gehässig, da sie sich niemals kritisch mit den Werken der Schriftsteller auseinandersetzten, sondern sie nur auf eine bösartige Weise attackierten. Sie unterdrückte ein Schaudern, als Gladstone sie abschätzend musterte.

»Wir haben Sie nicht hereinkommen hören«, bemerkte Jeremy.

Gladstone lachte spöttisch. »Sonst hätten Sie sich wohl aus dem Staub gemacht. Wirklich, Mr. Madison, sind Sie immer noch wegen meiner Kritik Ihres letzten Buches pikiert?«

»Ich war nicht pikiert. Wie alle Ihre Artikel war auch dieser Quatsch.«

Gladstone zuckte zusammen, faßte sich aber sofort wieder. »Trotzdem sehe ich, daß Sie meinen Rat befolgt haben.« Wieder starrte er Sandra auf eine Art an, daß sie sich von seinen Blicken ausgezogen fühlte.

»Welchen Rat denn, Sydney?« Jeremy verschränkte die Arme vor der Brust und verlagerte sein Gewicht auf den anderen Fuß. Sandra ließ sich davon nicht täuschen. Auch Gladstone nicht, wenn er nicht ein vollkommener Idiot war.

»Wie Sie sich erinnern werden, schrieb ich, daß die Liebesszenen in Ihren Büchern vorausberechenbar und langweilig sind.«

»Wenn das bedeutet, daß meine Romanfiguren nicht auf Gruppensex, Schlafzimmerakrobatik, Peitschen, Ketten und so weiter stehen, dann haben Sie recht, und ich fühle mich geschmeichelt.«

Der Kritiker rümpfte die Nase. »Ich meinte eigentlich etwas anderes. Ich finde, Ihren Liebeszenen fehlt das gewisse Etwas, die Tiefe. Ich habe in meiner Kritik geschrieben, daß Sie am besten eine neue Liebesaffäre eingehen sollten, um Ihre Leser mit leidenschaftlichen Beschreibungen zu überzeugen.« Er warf Sandra einen anzüglichen Blick zu. »Da Sie vorhin kaum Ihre Hände von Mrs. Fairchild lassen konnten, haben Sie offenbar meinen Rat befolgt.«

Jeremy ballte die Fäuste. »Sie sind ein Mistkerl.«

»Sparen Sie sich Ihre Gossensprache für Ihre Helden auf, Mr. Madison. Sie paßt hervorragend zu ihnen. Und ich verabscheue Gewalt, es sei denn, sie spielt sich in Büchern ab. Was sollen also Ihre geballten Fäuste? Persönlich bin ich entzückt, daß Sie eine neue Anregungsquelle gefunden haben. Mir hat vor ›*Der schlafenden Herrin*‹ schon gegraust.« Gladstone betrachtete Sandras Brüste. »Jetzt allerdings freue ich mich auf jede einzelne Seite. Obwohl ich bezweifle, daß Sie eine Herrin wie Mrs. Fairchild oft schlafen lassen.«

Wütend packte Jeremy den Kritiker an den Schultern und drückte ihn gegen das Bücherregal. »Hören Sie gut zu, Sydney. Ich würde Ihnen liebend gern den Hals umdrehen, aber Sie sind die Mühe nicht wert. Ihre Kritiken sind ein Haufen Mist, und jeder, der sie liest, weiß das. Wie Sie sich anmaßen können, etwas über die Liebe zu einer Frau zu wissen, ist mir schleierhaft. Ihr einziger Lustgewinn besteht doch darin, Autoren über die Klinge springen zu lassen.« Seine Augen sprühten Blitze.

»Aber für Ihre Bemerkung über Mrs. Fairchild könnte ich Sie spielend umbringen. Und wenn Sie auch nur ein Sterbenswort über sie drucken lassen, können Sie etwas erleben. Ich werde ganz persönlich herausfinden, ob es bei Ihnen was zu kastrieren gibt.«

»Was ist dahinten los?«

Der Ladenbesitzer hatte sich endlich von seiner Lektüre losreißen können.

»Gar nichts«, rief Jeremy zurück. Sandra sah ihm an, wie schwer es ihm fiel, den schreckensbleichen Kritiker loszulassen. »Vergessen Sie nicht, was ich Ihnen gesagt habe«, war Jeremys letzte Warnung, bevor er sanft Sandras Arm nahm, um sie aus dem Geschäft zu führen.

Sie wußte nicht, wie ihre Beine sie bis zum Auto getragen hatten. Jeremy strich ihr tröstend übers

Haar. »Mein Gott, es tut mir leid, Sandra«, sagte er beim Einsteigen.

»Es war ja nicht deine Schuld.«

Benommen starrte Sandra durch die Windschutzscheibe. Ihre weit aufgerissenen Augen beunruhigten ihn zutiefst, aber was konnte er tun in einem Auto an einer belebten Straße? Jeremy legte den ersten Gang ein, reihte sich in den Verkehr ein und fuhr in Rekordzeit nach Fairchild House zurück. Schweigend half er Sandra, die Pakete in die Küche zu bringen.

Als sie fertig waren, wollte er sie in seine Arme ziehen. »Sandra.«

»Nein!«

Zu seiner Bestürzung wehrte sie seine Umarmung ab. Jeremy war entsetzt. Er fühlte sich, als hätte man ihn mit eiskaltem Wasser übergossen.

»Du kannst dich doch nicht von solch einem schmierigen, beschränkten Kerl ins Bockshorn jagen lassen, Sandra. Dazu bist du zu intelligent. Das weiß ich. Verdammt, sag, daß ich recht habe!« Die letzten Worte schrie er ihr fast in hilflosem Zorn entgegen.

»Nein, nein«, stammelte sie. »Es liegt nicht an ihm . . .«

»Sondern?« fragte er.

»Es liegt an *mir*. Was Gladstone sagt, hat mir klargemacht, daß ich für dich nie etwas anderes als eine Geliebte sein werde. O Gott, wie ich dieses Wort hasse!«

»Ich auch. Benutz es nie wieder in Verbindung mit dir selbst!«

»Warum nicht?« brauste Sandra auf. »Das bin ich doch für dich oder etwa nicht? Ich bin nicht deine

Frau, allerdings mehr als nur eine Freundin. Wie würdest du es denn nennen?«

Jeremy versuchte, seine Stimme zu beherrschen. »Die Frau, die ich liebe.«

»Aber nicht die Frau, die du heiraten wirst. Nicht die Frau, der du deinen Namen geben wirst. Nicht die Frau, die dein Leben teilen und mit dir Kinder haben wird.«

»Das wußtest du vorher, Sandra. Wir beide wußten es. Was konnten wir daran schon ändern? Du hast gesagt, du würdest mich lieben, solange es möglich ist.«

»Ich weiß.« Tränen stiegen ihr in die Augen. »Ich dachte auch, es würde mir reichen, aber ich habe mich geirrt. Ich habe meine beste Freundin mit dir betrogen. Ich habe mich selbst betrogen. Es war unerträglich, wie dieser Widerling mich angesehen und diese Dinge gesagt hat. Er und jeder andere wird unsere Liebe als etwas Schmutziges betrachten.«

»Und wenn schon!« Jeremy war außer sich. »Niemand wird etwas darüber erfahren. Ich versichere dir, daß Gladstone es nicht wagen wird, auch nur ein Wort über dich zu schreiben. Und selbst wenn alle Welt Bescheid wüßte, was kümmert es dich, wenn unsere Gefühle füreinander aufrichtig sind?«

»Nichts ist aufrichtig, Jeremy. Unsere Liebe basiert auf Betrug.« Sandra hielt inne, um tief Luft zu holen und Mut zu sammeln für das, was sie jetzt sagen mußte. »Du kannst nicht länger hierbleiben, Jeremy. Geh fort, bitte!«

»Ich kann dich nicht verlassen, Sandra. Niemals!«

Bestürzt und ungläubig sah sie ihn an. »Du hast

doch bestimmt nicht vorgehabt, mich weiter zu treffen, wenn du erst mit Alicia verheiratet bist!«

Seine Unfähigkeit, ihrem Blick zu begegnen, verriet ihr mehr als seine Worte. »Nein . . . Ich weiß nicht . . . Ich kann dich einfach nicht aufgeben, Sandra.«

»Warum denn nicht?« fragte sie. »Weil du soviel Spaß mit mir hast?«

Jeremy starrte sie außer sich vor Zorn an. »Das ist eine verdammte Gemeinheit, so etwas zu sagen.«

»Wirklich?« fragte sie leichthin. »Mr. Gladstone hatte vielleicht gar nicht so unrecht. Natürlich bin ich bequem für dich. Du weißt ja leider von mir selbst, daß ich mit Zärtlichkeiten nicht gerade verwöhnt bin. Meine Eltern nahmen mich überhaupt nicht wahr. Jason benutzte mich so lange, wie es ihm Spaß machte. Und jetzt willst du, selbstverständlich mit der Zustimmung der verständnisvollen Gattin, immer mit mir . . . zusammen sein, wenn du Anregung brauchst.«

»Um meine Feder zu schärfen, sozusagen.«

Als Jeremy ihre Verzweiflung bewußt wurde, suchte er hilflos nach einer Möglichkeit, Sandra die verletzenden Worte, die zwischen ihnen gefallen waren, vergessen zu lassen.

»Es tut mir leid«, sagte er leise. Aber selbst in seinen eigenen Ohren klangen die Worte hohl und nichtssagend.

»Aber nicht doch.« Sandra lachte bitter. »Du hast mit wenigen Worten das ausgedrückt, was ich zu sagen versuchte. Wir verstehen uns vollkommen. Es ist alles gesagt. Ich finde, du solltest gehen. Jetzt.«

»Verdammt, Sandra, das kann nicht dein Ernst sein!«

»O doch«, erwiderte sie entschlossen.

Sein Blick bohrte sich in ihren. »Du willst dich also wirklich wieder in diesem verdammten Schneckenhaus verkriechen, oder? Hinter deinem Schutzschild, der so undurchdringlich ist wie ein Panzer?«

»Psychoanalyse ist nicht Ihre Stärke, Mr. Madison. Bleiben Sie bei Ihren Kraftausdrücken und zweideutigen Anspielungen. Darin sind Sie unschlagbar.«

»Bitten ist auch nicht meine Stärke.« Jeremy ging zur Küchentür und stieß sie auf. »In Ordnung, Sandra. Verzieh dich wieder in deine sichere, einsame Welt. Und wenn du abends versuchst einzuschlafen, halt dir die ganzen Vorteile vor Augen, die du davon hast.«

Nur langsam kam die Schwingtür zum Stillstand, nachdem Jeremy hindurchgestürzt war.

Sandra sank auf einen Stuhl. Ein verzweifeltes Schluchzen schüttelte ihren Körper, und sie war unfähig, die Tränen, die unablässig über ihre Wangen liefen, zu trocknen.

# 10

Er war fort.

Sandra wußte nicht, wie lange sie schon am Küchentisch saß und ins Leere starrte. Es dämmerte langsam, dann wurde es dunkel, und noch immer saß sie reglos auf ihrem Platz. Zu einem bestimmten Zeitpunkt wußte sie mit absoluter Sicherheit, daß Jeremy gegangen und daß sie allein im Haus war. Ohne ein Geräusch mußte er die Haustür hinter sich zugemacht haben.

Sandra zwang sich aufzustehen und wankte durch die dunklen Flure und die Treppe hinauf, als folgte sie einem hypnotischen Befehl. Die Tür zu Jeremys Zimmer stand offen.

Die Leere war überwältigend. Verschwunden waren die Blätter und die Schreibmaschine, sein Wörterbuch und seine Rotstifte. Keine zerknüllten Manuskriptseiten auf dem Fußboden – keine Kleidungsstücke auf dem Bett, auf den Stühlen. Das Badezimmer enthielt keinen persönlichen Gegenstand mehr, und der Schrank gähnte ihr leer entgegen.

Sandra durchstreifte das Zimmer, als wäre es ein geheiligter Ort. Im Papierkorb fand sie zerknüllte Manuskriptseiten, kniete nieder, nahm jedes Blatt heraus und glättete es, bis sie einen kleinen Stapel zusammen hatte. Sie preßte ihn an die Brust und ging zur Tür. Im Moment brachte sie es nicht fertig, das Zimmer aufzuräumen. Später, wenn sie stärker war, würde sie es in Ordnung bringen. Aber nicht jetzt. Nicht, solange sie so verzweifelt war.

Ohne sich noch einmal umzudrehen, verließ sie das Zimmer und schloß leise die Tür hinter sich.

»Fairchild House«, meldete Sandra sich zwei Tage später am Telefon.

»Sandra.«

Die Stimme klang so vertraut und doch so verändert. »Alicia?« Um Himmels willen! Jeremy ist etwas passiert, war Sandras erster Gedanke. Warum sonst sollte Alicia sich so bekümmert anhören? »Alicia«, wiederholte sie, »was ist los?«

»Gar nichts«, antwortete Alicia matt, »jedenfalls nichts Tragisches. Ich wollte dich nicht erschrecken.«

Sandra beruhigte sich etwas, aber die böse Vorahnung blieb.

»Du ... du klingst so verändert.«

»Ich habe auch allen Grund dazu.«

Sandras Fingernägel bohrten sich in ihre Handfläche. Alicia konnte nichts wissen! Sie konnte es unmöglich herausgefunden haben! Jeremy? Nein, er hätte nie ... Sydney Gladstone! Hatte er etwas geschrieben? ... Nein, sie hatte seine Artikel gelesen. Wie hatte es Alicia nur herausgefunden?

»Können wir darüber reden?« fragte Sandra stockend.

»O Sandra, bitte, ja! Ich muß mit jemandem reden.« Alicia brach in Tränen aus.

Jetzt erst ahnte Sandra, daß Alicia nicht von ihrer Affäre mit Jeremy sprach, sondern von etwas ganz anderem. Sandra war erleichtert, aber gleichzeitig betroffen. »Was ist denn los?« fragte sie besorgt. »Alicia, wein doch bitte nicht so. Erzähl es mir.«

»Ich kann nicht. Ich möchte ja, aber ... Ich muß mit jemandem reden«, wiederholte sie.

Sandra zögerte einen Augenblick, bevor sie die nächste Frage stellte: »Und Jeremy? Warum redest du nicht mit ihm?«

»Jeremy ist nicht hier.«

»Nicht da?«

»Hat er dir nicht gesagt, wohin er wollte, als er Fairchild House verließ? Er rief mich vom Flughafen aus an und erzählte mir, er wollte sein Manuskript persönlich in New York abliefern. Damit alles unter Dach und Fach ist, bevor wir heiraten. Die Hochzeit ist in einer Woche, weißt du.«

»N-nein«, stammelte Sandra. Sie räusperte sich und fuhr etwas klarer fort: »Nein, er ist vor zwei

Tagen einfach abgereist. Er hat nicht gesagt, wohin er wollte, so daß ich angenommen habe, er würde nach Hause fahren.«

»Damit hatte ich auch gerechnet, aber unter den gegebenen Umständen ist es besser, daß er . . .«

»Was für Umstände?« unterbrach Sandra.

»Sandra, kannst du nach Los Angeles kommen?«

Sandra stieß ein kurzes Lachen aus. »Auf keinen Fall. Wie kommst du nur darauf?«

»Bitte, Sandra. Wenn dir unsere Freundschaft je etwas bedeutet hat, komm her. Nur für einen Tag. Ich muß unbedingt mit dir reden.«

»Das geht nicht, Alicia. Du kannst mit mir am Telefon reden.« Wenn Alicia doch nicht auch noch an ihre Freundschaft appelliert hätte! Im Vergleich zu mir war Judas ein vorbildlicher Freund gewesen, dachte Sandra.

»Du mußt kommen, bitte«, flehte Alicia unter Schluchzen. »Ich würde ja zu dir kommen, aber ich habe mich in letzter Zeit zu wenig um die Jungen gekümmert. Ich bezahle dir das Ticket. Ich tue alles. Aber komm bitte, Sandra. Du hast doch im Moment keine Gäste, oder? Bitte!«

Die Verzweiflung in Alicias Stimme war echt.

Irgend etwas stimmte absolut nicht, und nun wandte sie sich an ihre beste Freundin um Hilfe. Sandra hatte sie schon einmal verraten, wovon Alicia hoffentlich nie etwas erfahren würde. Sollte sie ihr jetzt auch noch ihre Hilfe verweigern? Wie konnte sie überhaupt noch zögern, sich ins nächste Flugzeug zu setzen und Alicia beizustehen!

»Ich erwarte nächsten Mittwoch Gäste. Ich müßte dann vorher kommen.«

»Morgen«, sagte Alicia schnell. »Morgen. Bitte!«

Sandra war nervös. Konnte sie Alicia jemals wieder in die Augen sehen? »Morgen könnte gehen. Ich werde sehr früh ein Flugzeug nehmen und vom Flughafen aus mit dem Taxi zu dir kommen.«

»Ich bin in Jeremys Strandhaus. Er hat mich gebeten, dort nach dem Rechten zu sehen, und die Kinder spielen gern am Strand.«

Um Himmels willen! Ob dieser Alptraum nie ein Ende nahm? Jeremys Haus! »Wie ist die Adresse?« versuchte Sandra ruhig zu fragen.

Nachdem sie den Telefonhörer aufgelegt hatte, mußte sie sich erst einmal setzen.

Den Rest des Tages verbrachte Sandra wie eine Schlafwandlerin. Seit Jeremys Abreise hatte sie wie ein Automat gelebt, geschlafen, gegessen und gearbeitet. Fairchild House hatte sich durch Jeremys kurzen Aufenthalt verändert. Das große Zimmer im zweiten Stock würde für alle Zeiten Jeremys Zimmer bleiben. Und die Erinnerung an ihn würde sich nie verdrängen lassen.

Wenigstens brauchte Sandra sich keine Sorgen über schwindende Einnahmen zu machen. Jeden Tag erhielt sie neue Zimmerreservierungen. Wenn es so weiterging, konnte sie gut über die Runden kommen.

Es mußte einfach gehen. Sie würde diese Krise überwinden, wie sie auch mit anderen Enttäuschungen fertiggeworden war. Irgendwann würde Jeremys Bild in ihrem Gedächtnis verblassen. Irgendwann würde sie sich nicht mehr an das Gefühl erinnern, von seinen starken Armen gehalten und von ihm geliebt zu werden.

Doch so sehr Sandra sich auch selbst beruhigte, überwältigte sie die Erinnerung, als sie aus dem Taxi stieg und Jeremys Haus erblickte. Es spiegelte so sehr die Natur dieses Mannes wider, daß ihre Augen in Tränen schwammen, als sie den Fahrer bezahlte.

Sie hörte die Stimmen und das Gelächter von Kindern und ging um das Haus mit der Rotholzterrasse herum. Alicia lehnte am Geländer und sah den am Strand entlangjagenden Kindern zu.

»Adam, hör auf, mit Sand zu werfen, oder du mußt hereinkommen!«

»Das meinst du doch nicht im Ernst, oder?«

»Sandra!« rief Alicia und eilte herbei, um ihre Freundin zu umarmen. »Wie gut, dich zu sehen. Ich bin ja so froh, daß du gekommen bist. Danke!«

»Du brauchst mir nicht zu danken. Ich habe nichts getan.«

»Du bist hier. Das ist eine Menge. Laß uns hineingehen.«

»Die Jungen . . .«

»Ich habe ihnen verboten, zu nahe ans Wasser zu gehen. Ich werde sie im Auge behalten.«

»Sie wachsen ja so schnell«, stellte Sandra wehmütig fest, während sie zusah, wie die beiden kleinen Kerle übermütig im Sand herumtollten.

»Viel zu schnell.«

Alicia öffnete eine Verandatür und führte Sandra in Jeremys Haus. Von dem großen Wohnzimmer aus führte eine Treppe auf eine Galerie. Ledersofas und -sessel waren geschmackvoll um einen Kamin gruppiert. Leuchtende Drucke und farbenfrohe Poster in Messingrahmen berichteten von Jeremys Reisen durch die ganze Welt. Die Wände der Galerie waren mit Bücherregalen bedeckt. Der ganze Raum war in Sonnenlicht getaucht. Er gefiel Sandra. Sie war sicher, daß Jeremy ihn eingerichtet hatte.

»Limonade?«

Alicia wartete Sandras Antwort gar nicht ab, als sie in die Küche ging, die vom Wohnzimmer nur durch eine offene Bar abgeteilt war. Während Alicia die Getränke eingoß, ließ Sandra die Atmosphäre des Raumes auf sich wirken. Jeremys Geschmack war einmalig!

»Wie war dein Flug?« fragte Alicia, als sie Sandra das von dem kühlen Getränk beschlagene Glas reichte.

»Laut. Es waren zwei Babys an Bord, denen der Flug gar nicht gefiel.«

Alicia versuchte zu lachen. »Meinst du, dir wäre es auf der Veranda zu kalt?«

»Nein, ich hätte gern einen freien Blick auf den Ozean.«

»Du hättest dich ruhig etwas legerer anziehen können. Aber das tust du ja so selten.«

Sandra trug ein gutgeschnittenes Kostüm mit dunkelblauem Rock und passendem Nadelstreifenjackett. Neben Alicia in Jeans und Rollkragenpulli fühlte sie sich unattraktiv und farblos. Wieso hatte Jeremy sich nur in sie verlieben können? Oder hatte er nur so getan, damit sie mit ihm ins Bett ging?

Nein, nein, nein. Er mochte sie wütend und auf verletzende Art verlassen haben, aber sie konnte – wollte – nicht glauben, daß seine Zärtlichkeiten nur Lügen gewesen waren.

Alicia streckte sich auf einer Liege aus. Sandra setzte sich auf einen Stuhl und blickte auf das Meer.

Das Lachen der Jungen drang zu ihnen hinauf. »Ich möchte, daß du die Jungen später siehst. Zuerst muß ich mit dir reden. Einverstanden?« fragte Alicia.

»Selbstverständlich. Was ist denn los?«

»Mein Gott, du hast keine Ahnung, wie gut es tut, deine beruhigende Stimme zu hören.« Alicia seufzte, und ihre vollen Brüste hoben sich unter dem Pullover. Sandra versuchte, sich nicht vorzustellen, wie Jeremy sie berührte, küßte ... »Ich schäme mich ja so.«

»Alicia, bitte nicht«, flehte Sandra, als die Freundin zu weinen begann. »Weswegen schämst du dich denn? Ich kann mir nicht vorstellen, daß du je irgend etwas Häßliches anstellen könntest.«

»Das konnte ich mir auch nicht vorstellen«, schluchzte Alicia. »Aber ich habe es getan. Und das Schlimmste ist, daß ich es nicht einmal bedaure.«

Sandra wartete geduldig, bis Alicia sich so weit gefaßt hatte, daß sie weitersprechen konnte. »Nach unserem Treffen in San Francisco bin ich mit einer Freundin nach Tahoe gefahren. Sie ist seit einigen Monaten geschieden und hat mich schon lange gedrängt, mit ihr an einem Wochenende mal etwas zu unternehmen. Ich fuhr also mit und – und ich habe jemanden kennengelernt. Er war ein gutaussehender Mann, nett, amüsant, und es machte einen Riesenspaß, den ganzen Tag mit ihm Ski zu fahren. Und in der Nacht ... nun, ich habe die Nacht in seinem Zimmer verbracht, wir haben uns bis zum Morgen geliebt, und es war einfach herrlich.«

Alicia schien unendlich erleichtert, daß es endlich heraus war. Lange Zeit schwiegen die beiden Frauen. Schließlich wandte Alicia den Kopf und sah

Sandra mit einer Spur von Trotz an. »Bist du jetzt sprachlos?«

Sandra schüttelte den Kopf. »Nein, nein.«

Alicia legte den Kopf zurück. »Doch. Ich war ja selbst schockiert. Du mußt mich für ein Flittchen halten, mit einem Mann zu schlafen, den ich kaum kenne, und solchen Spaß daran zu finden. Wie könntest du es auch verstehen? Dir würde so etwas bestimmt nicht passieren. Dazu bist du viel zu vernünftig und verantwortungsbewußt.«

Sandras Herz fing an zu rasen, und sie befürchtete, ohnmächtig zu werden, wenn das Dröhnen in ihrem Kopf noch lauter wurde. Als wüßte sie nicht, wie es war, wenn man vor Leidenschaft alles vergaß!

»Ich weiß nicht, was mit mir los war. Ob es an der Gebirgsluft lag? Meine einzige Entschuldigung ist, daß Jim und ich sehr früh geheiratet haben, und daß ich mich nach seinem Tod so . . . alt fühlte. Alt und verbraucht. Es hat nie eine Zeit gegeben, in der ich nur für mich gelebt habe.« Alicia sah auf die im Sand spielenden Kinder hinab. »Das werde ich auch nie können, oder?«

»Nicht, wenn du nächste Woche Jeremy heiratest.«

Alicias helle Augen füllten sich wieder mit Tränen. »Deswegen habe ich doch so ein verdammt schlechtes Gewissen, Sandra. Ich liebe Jeremy, aber . . .« Ihre Stimme erstarb, und sie zupfte an ihrem Pullover. »Vielleicht sollte ich dir alles anvertrauen. Jeremy und ich . . . waren nie zusammen, weißt du. Es gab nie mehr als herzliche Zuneigung zwischen uns. Da war dieses eine Mal in deinem Haus. Weißt du noch, wie du in mein Zimmer gekommen bist und uns beim Küssen überrascht hast?«

Sandra nickte.

»Das hatte er vorher noch nie gemacht. Und ... so leidenschaftlich sein Kuß auch war, er hat mich kalt gelassen. Ich weiß, es ist lächerlich, aber ich habe mich gefühlt, als würde ich Jim betrügen. Immer wenn ich Jeremy ansehe, sehe ich Jim, und es ist, als hintergingen wir ihn. Dieses Gefühl hatte ich nicht mit dem Mann in Tahoe.«

»Jeremy war Jims bester Freund. Ich kann verstehen, daß du so empfindest«, sagte Sandra. Ein winziger Hoffnungsstrahl war in dem Dunkel aufgetaucht, daß sie umgeben hatte, seit Jeremy fortgegangen war.

Trotz ihrer verweinten Augen sah Alicia bezaubernd aus, als sie fortfuhr: »Sandra, jedesmal wenn Mac – so hieß er – mich berührte, bebte ich am ganzen Körper. Weißt du, was ich meine? Findest du, daß es schlimm ist?«

Sandra lächelte traurig. »Ja, ich weiß, was du meinst, und ich finde es überhaupt nicht schlimm.« Gespielt gleichmütig fragte sie: »Dieser Mac, wo wohnt er? Möchtest du ihn wiedersehen?«

»Er lebt in Portland und hat gesagt, daß er mich besuchen will. Natürlich habe ich mich geweigert und ihm erzählt, warum.« Alicia seufzte tief. »Nur ist mir klargeworden, daß Jim vielleicht nicht der einzige Mann ist, den ich leidenschaftlich und von ganzem Herzen lieben könnte. Als Mac mich berührte, wurde mir bewußt, daß ich eine Frau bin, nicht nur Witwe und Mutter und gute Freundin. Nach meinem Wochenende in San Francisco, nachdem mich Jeremy so geküßt hatte, wußte ich, daß ich bei ihm nie weiche Knie bekommen würde. Das war mein Hauptgrund, nach Tahoe zu fahren.«

»Was wirst du jetzt tun?« fragte Sandra langsam. Der Hoffnungsschimmer war heller geworden, und es kostete sie Mühe, ruhig auf ihrem Stuhl sitzen zu bleiben. Am liebsten hätte sie vor Erleichterung geschrien und mit den Kindern am Strand getobt.

»Ich weiß nicht«, meinte Alicia verzagt. »Sag mir doch, was ich tun soll, Sandra. Sag mir, was für ein wunderbarer Mann Jeremy ist. Daß meine Söhne und ich bei ihm Sicherheit und Geborgenheit finden werden. Daß das Wohl meiner Kinder vorgeht. Daß Jeremy sie liebt und enttäuscht sein wird, wenn er erfährt, daß Jims Witwe mit irgendeinem fremden Mann geschlafen und jede Minute davon genossen hat. Überzeuge mich, daß zwischen uns Leidenschaft aufblühen wird, sobald wir verheiratet sind und in einem Bett schlafen. Oder«, fuhr Alcia nach einem tiefen Atemzug fort, »sag mir, daß ich mir nichts vormachen und das tun soll, was ich will. Vielleicht ist Jeremy erleichtert, wenn er die Wahrheit erfährt. Vielleicht will er mich nur aus Pflichtgefühl Jim gegenüber heiraten. Sag mir, daß ich Jeremy reinen Wein einschenken soll.« Sie ergriff Sandras Hand. »Um Himmels willen, Sandra, gib mir doch einen Rat!«

»Ich kann nicht!« brach es aus Sandra heraus. »Das kannst du nicht von mir verlangen, Alicia. Ich kann dir nicht sagen, was du tun sollst.« Wenn sie Alicia doch sagen könnte, daß es für alle Beteiligten das Beste wäre, ihre Verlobung mit Jeremy zu lösen. Eine innere Stimme schrie: »Sag es ihr, sag es ihr! Mach ihr die Entscheidung leicht. Sie wird froh sein, daß Jeremy und du ineinander verliebt seid. Sag es ihr!«

Ein Satz würde genügen. *Ich liebe Jeremy, und ich glaube, er liebt mich auch.* Sie konnte Alicia ehrlich erzählen, daß sie es nicht darauf angelegt hatten, daß es aber geschehen war. Doch die Vernunft verbot es Sandra, in Alicias Entscheidung einzugreifen. Vielleicht liebte Alicia Jeremy mehr, als ihr klar war.

Nein, sie konnte nichts sagen. Sie, Sandra, könnte nie mit Jeremy glücklich werden, wenn sie Alicia jetzt beeinflußte, ihn aufzugeben. Die Freundin mußte ganz allein entscheiden.

*Aber, lieber Gott, bitte mach, daß sie ihn nicht heiraten will.*

»Sandra, was soll ich nur tun?« Gedankenverloren starrten die beiden Frauen auf die spielenden Jungen am Strand. »Sie brauchen einen Vater«, sagte Alicia ruhig. »Einen Vater wie Jeremy, aber . . .« Wieder schwiegen sie, und jede kämpfte sich einen Weg durch ihre persönliche Hölle.

Plötzlich unterbrach David sein Spiel und zeigte auf das Haus. Er schrie etwas, und mit dem kleineren, langsameren Adam im Schlepptau begann er auf das Haus zuzurennen, wobei er weiterhin aus voller Lunge kreischte.

Sandra und Alicia sahen einander verwirrt an. Dann hörten sie Davids durchdringende Stimme: »Jeremy, Jeremy! Jeremy ist wieder da!«

Die zwei Frauen drehten sich gleichzeitig um, gerade, als Jeremy um die Ecke auf der Veranda bog. Als er Sandra bemerkte, blieb er abrupt stehen, als wäre er gegen eine unsichtbare Mauer geprallt. Sekundenlang waren die drei Erwachsenen wie erstarrt, während die Kinder die Stufen zur Veranda hochstolperten.

»Du bist zurück, du bist zurück«, schrie David und klammerte sich an Jeremys Hosenbein.

»Jeremy, kaufst du uns ein Eis? Mami sagt, das darfst du, wenn wir lieb sind«, stimmte Adam ein. »Wir waren lieb.«

Hilfesuchend sah Alicia in Sandras Augen. »Ich habe wirklich keine andere Wahl, oder?« flüsterte sie nur für Sandra hörbar.

Sandra schüttelte den Kopf. Auch sie hatte keine andere Wahl, als für immer zu schweigen, selbst wenn es sie umbrachte.

»Nein.«

»Ich wußte eigentlich von Anfang an, daß ich mich so entscheiden würde. Es ist das einzig Richtige.«

Das *Richtige*? War es richtig, drei Menschen zum Unglücklichsein zu verdammen? Ja. Unter diesen Umständen schon. Jeremy und Alicia würden lernen, einander zu lieben. Sie waren leidenschaftliche attraktive Menschen. Irgendwann mußte Verlangen zwischen ihnen aufflammen.

Ja. Es war zwar nicht ideal, aber es war richtig.

Alicia stand auf und lief in Jeremys Arme. »Willkommen daheim, Fremder«, sagte sie fröhlich.

Jeremy drückte Alicia kurz an sich. Über ihre Schulter hinweg sah er Sandra an.

Seine Augen sandten tausend Botschaften aus, und sie empfing jede einzelne. Er bedauerte seine Worte. Er hatte sie vermißt. Er fühlte sich einsam ohne sie. Er wollte wissen, warum sie hier war.

»Ich war so allein hier ohne dich, deshalb habe ich Sandra angerufen und sie gebeten, für einen Tag herzukommen«, erklärte Alicia und zog Jeremy zu einem Gartenstuhl.

»Hallo, Sandra.«

»Hallo, Jeremy. Wie war's in New York?«

»Naß und kalt.«

»Offenbar kannst du dem Regen nicht entkommen«, bemerkte Alicia. »Als du in San Francisco warst, hat es doch auch fast die ganze Zeit geregnet, oder?«

»Ja«, sagte er, während sein Blick in Sandras Augen zu versinken schien.

»Kinder, hört mit dem Krach auf und begrüßt Sandra«, befahl Alicia. Folgsam murmelten beide »Hallo« und gaben Sandra die Hand.

Sie erwiderte ihre Begrüßung mit einem mühsamen Lächeln. »Ihr seid ja richtige junge Männer geworden.«

»Hast du meinen Papi gekannt?« fragte Adam. »Er ist tot.«

Sandras Blick wanderte von Alicia zu Jeremy. »Ja, ich habe ihn gekannt. Du ähnelst ihm sehr.«

»Das findet Mami auch. Jeremy ist mein neuer Papi.«

»Geht jetzt spielen«, unterbrach Alicia. »Was ist mit deinem Buch?« fragte sie Jeremy, nachdem sich die Jungen getrollt hatten. »Hast du es beendet?«

»Ja. Es liegt schon auf dem Schreibtisch des Verlegers. Er meint, nach seinem ersten Eindruck wäre es mein bestes.«

»Was für eine gute Nachricht!« Alicia blickte ihn erfreut an. »Du hast so schwer daran gearbeitet.«

»Es steckt eine Menge von mir darin.«

»Endet es glücklich?«

Jeremy riß seinen Blick von Sandra los und sah

seine Verlobte an. »Es endet auf die einzige mögliche Art.«

Als hätten seine Worte sie aus ihrer Erstarrung gerissen, wirbelte Sandra herum und ging zur Terrassentür. »Ich muß ein Taxi rufen.«

»Nein, Sandra, du mußt bis nach dem Dinner bleiben«, verlangte Alicia.

»Das geht nicht. Ich muß zurück.«

»Bleib hier stehen«, sagte Alicia. »Tu nichts, bis ich David und Adam zurückgepfiffen habe.«

Jeremy ließ sich durch das plötzliche Verschwinden der Jungen nicht ablenken. Er folgte Sandra ins Haus. Sie fühlte, daß er all seine Kraft aufbringen mußte, um sie nicht in die Arme zu nehmen.

Doch er konnte sie nicht gehen lassen, ohne daß er sie wissen ließ, wie sehr er sich nach ihr sehnte, wie sehr er sie brauchte, und wie sehr er sie liebte. Ein letztes Mal mußte er es laut aussprechen, oder er würde es ewig bereuen. »Sandra, ich . . .«

»Nicht«, preßte sie zwischen den Zähnen hervor. »Sag nichts.«

»Ich muß aber, verdammt noch mal!«

»Nein. Bitte. Ich kann es nicht aushalten, daß du auch nur ein Wort sagst.«

»Sandra, ruf kein Taxi«, ertönte plötzlich Alicias Stimme in ihrem Rücken. »Die Jungen möchten mit dir zum Flughafen fahren, damit sie die Flugzeuge sehen können.«

»Nein«, wehrte Sandra rasch ab. »Jeremy kommt gerade vom Flughafen. Er kann nicht schon wieder dort hinfahren, um mich wegzubringen.«

»Das macht mir nichts aus.«

»Du bleibst hier, Jeremy«, bestimmte Alicia. »Ich bringe Sandra heute hin, und du kannst sie nächste

Woche abholen, wenn sie zu unserer Hochzeit kommt.«

Sandra hatte ein Gefühl, als wäre sie geohrfeigt worden. »Ich kann nicht zur Hochzeit kommen.«

Auf Alicias Gesicht zeichnete sich Erstaunen ab. »Aber Sandra, du mußt kommen!«

Nichts auf der Welt konnte sie dazu bewegen, Zeuge zu sein, wie Jeremy sein Leben mit dem einer anderen Frau verband. Auch wenn es eine Frau war, die Sandra sehr gern hatte. »Es tut mir leid, aber es geht nicht. Ich werde zu dieser Zeit Gäste in Fairchild House haben. Ich möchte dir heute schon ›alles Gute‹ wünschen.«

Alicia war außer sich. »Aber du hast doch schon bei meiner ersten Hochzeit gefehlt«, sagte sie erregt. »Ich finde es unglaublich, daß du auch bei dieser fehlen willst.«

»Ich finde es schrecklich, dich enttäuschen zu müssen, Alicia, aber ich kann . . . ich kann nicht zu deiner Hochzeit kommen.«

Ihr Ton ließ keine weiteren Einwände zu, und Alicia schwieg.

Ein paar Minuten später fuhren sie ab. Sandra warf noch einen letzten Blick auf das Haus. Jeremy stand auf der Veranda und starrte ihnen nach. Der Wind spielte mit seinem Haar, und seine Gestalt strahlte soviel Einsamkeit aus, daß es Sandra fast das Herz brach. Sein Gesicht war nicht zu erkennen, da es vollkommen im Schatten lag.

Hätte Sandra in diesem Moment seine Augen gesehen, wäre sie geblieben, ohne auch nur einen Gedanken an die Folgen zu verschwenden.

# 11

Wenigstens das habe ich noch, dachte Sandra, als sie ihren Gästen das Dinner servierte. Fairchild House war voll belegt. Bis auf ein Zimmer. Aber das zählte nicht mit.

Sie würde überleben, wie schon zuvor.

Fairchild House würde all ihre Energie erfordern. Hier lag ihre Aufgabe, das war ihr Leben.

Freitagabend. Heute um zwei Uhr hatten Alicia und Jeremy geheiratet. Er war für immer aus ihrem Leben verschwunden. »Es muß gräßlich gewesen sein, Mrs. Fairchild, nicht wahr?«

Fast hätte Sandra den Kaffee auf der kostbaren irischen Leinentischdecke verschüttet. Sie hatte der Unterhaltung nicht zugehört und fuhr erschrocken zusammen, als eine Frage an sie gerichtet wurde.

»Entschuldigen Sie. Was meinten Sie?«

»All der Regen, den Sie hier hatten. Es muß doch gräßlich gewesen sein.« Die Frau stammte von der Ostküste und sprach mit einem nasalen Tonfall.

Immer wenn von dem ungewöhnlichen Regen die Rede war, der Jeremy und sie zu willigen Gefangenen gemacht hatte, trat ein abweisender Ausdruck in Sandras Augen. »Es war scheußlich, wenn man aus dem Haus mußte. Noch etwas Kaffee, Mrs. Williams?«

Sandras Stimme war leise und herzlich, darauf trainiert, nichts von ihrer Traurigkeit zu verraten. Nur wer genauer hinsah, konnte die Verzweiflung in ihren Augen erkennen.

Es war beinahe Mitternacht, als Sandra in ihr Zimmer ging, es im Dunkeln durchquerte und die Schreibtischlampe anschaltete. Automatisch berührte sie den Deckel der Schachtel, in der sich Jeremys Manuskriptseiten befanden. Ein bitteres Lächeln umspielte ihre Lippen, und ihre Augen füllten sich mit Tränen.

Geistesabwesend zog sie die Nadeln aus ihrem Haar, bis es ihr schwer auf die Schultern fiel. Sie schlüpfte aus dem Rock und hängte ihn sorgfältig über eine Stuhllehne. Dann öffnete Sandra müde die Knöpfe ihrer Bluse, einen nach dem anderen, und starrte dabei gedankenverloren ins Leere. Als sie die Bluse auszog, fiel ihr Blick zufällig in den Spiegel. Ihr Herz schien auf einmal stillzustehen.

Jeremy saß auf einem Stuhl hinten im Zimmer. Sie

wirbelte herum. Die plötzliche Bewegung machte sie schwindelig, und Sandra hielt sich schnell an der Schreibtischkante fest, um nicht zu stürzen.

Er war es tatsächlich. Und er tat so, als säße er jeden Abend auf diesem Stuhl und würde ihr beim Ausziehen zusehen.

»Mach ruhig weiter«, sagte er mit einer Stimme, die nichts von ihrem verführerischen Klang verloren hatte.

»Was tust du hier?«

»Ich sehe mir einen höchst beunruhigenden und aufregenden Striptease an.«

»Verdammt, Jeremy, antworte gefälligst!«

Ihre Enttäuschung, ihr Liebeskummer, ihre Verzweiflung drängten jetzt an die Oberfläche. Der Alptraum war noch nicht vorbei. Gerade, als sie glaubte, sich abgefunden zu haben, spielte ihre Phantasie ihr diesen Streich. Oder war es etwa Wirklichkeit? War Jeremy wirklich hier, in seiner gräßlichen Drillichjacke?

»Wie bist du hereingekommen? Die Türen waren abgeschlossen.«

»Kapitel fünf aus *Der Kuß des Bischofs*.« Er nahm das Buch von seinem Schoß. »Ich habe es gerade noch einmal gelesen, um zu sehen, ob ich alles richtig gemacht habe. Ich habe es geschafft, durch die Hintertür einzubrechen und wieder abzuschließen, ohne daß mich jemand entdeckt hat.« Jeremy grinste sie stolz an.

»Was tust du hier?« schrie sie fast.

Jeremy ließ das Buch und seine Brille zu Boden fallen. Mit einem Satz war er bei Sandra, umfing sie mit einem Arm und hielt ihr mit der anderen Hand den Mund zu.

»Wollen Sie etwa Ihre Gäste wecken, Mrs. Fairchild?« fragte er leise und berührte mit seinen Lippen sanft ihren Hals. »Ich wollte nicht grob werden, aber denk nur an unseren Freund Gregory. Wir wissen, mit welchen Methoden er an sein Ziel gelangt.«

Sandra bemühte sich erfolglos, seine Hand wegzustoßen. Sie versuchte zu sprechen.

»Ich kann dich nicht verstehen, Sandra. Übrigens, solltest du deinen Atem und deine Energie sparen, weil du sie noch brauchen wirst.« Jeremys Mund war jetzt an ihrem Ohr, und die Spitze seiner Zunge berührte ihr Ohrläppchen. »Weißt du, ich habe vor, dich die ganze Nacht lang zu lieben, oder bis wir beide bewußtlos sind, wie auch immer.«

Er erstickte ihren Schrei mit seiner Handfläche. »Hast du gesagt, ich soll verschwinden? Warum? Oh, ich weiß. Du meinst, ich würde Ehebruch begehen. Falsch. Ich bin nicht verheiratet und werde es auch nicht sein, bis du dir ein paar Stunden freinehmen kannst, damit wir schnell zum Standesamt laufen können.«

Sandra stieß einen erstickten Schrei aus. Über seine Hand hinweg starrte sie ihn mit ungläubigen, aufgerissenen Augen an.

»Das ist schon besser. Ich hasse es, Gewalt anzuwenden. Aber ich war mir nicht sicher, ob ich dich mit einer angenehmeren Methode vom Schreien abhalten kann.« Langsam nahm Jeremy die Hand von ihrem Mund und küßte Sandra leidenschaftlich.

»Was ist passiert?« fragte sie, als sie sich mit einem Stöhnen von ihm gelöst hatte. »Warum bist du nicht verheiratet? Tu mir nicht noch einmal so weh, Jeremy. Meinetwegen bring mich um, wenn du mich geliebt hast, aber verlaß mich nicht noch einmal.«

»Nie. Niemals. Das schwöre ich. Ich konnte Alicia nicht heiraten. Ich kann niemanden heiraten, nur dich.«

Ihre Hände befreiten ihn hastig von seinem Jackett und seinem Hemd. Zärtlich streichelte sie seine warme Haut, spielte mit den Haaren auf seiner Brust.

»Erzähl mir, was passiert ist.« Ihre Zunge berührte seine Brustwarzen.

»Schön ... Mach sie naß ... o ja, Sandra. Ich kann ... nicht sprechen, wenn ... Später ... ich erzähle es dir später ... Du sollst nur wissen, daß ich allein dir gehöre und daß wir mit unserem Zusammensein niemandem weh tun.«

»Jeremy«, hauchte Sandra.

Als sie beide nackt waren, hob er sie hoch. »Verzeih mir, ich kann nicht mehr warten.«

»Ich auch nicht.« Sandra zitterte, als Jeremy sie zu ihrem Bett trug. Er nahm ihre Hand und drückte sie auf sein pochendes Verlangen. Mit einem rauhen Keuchen glitt er zwischen ihre Beine und drang in sie ein. »Du sollst fühlen, wie sehr ich dich liebe, Sandra. Vom ersten Moment an, als ich dich sah, wußte ich, daß ich ohne dich nicht mehr leben wollte. Ich ...«

Er erstickte ihren Schrei mit einem Kuß.

Nachdem sie sich bis zur Erschöpfung geliebt hatten, lagen sie nun aneinandergeschmiegt, und Jeremy beantwortete Sandras unzählige Fragen.

»Erzählst du mir das auch bestimmt nicht nur, um mich zu beruhigen, Jeremy?«

»Das schwöre ich. Es war Alicia, die darum bat, mich vor der Trauung zu sprechen. Wir waren im Haus ihrer Eltern. Die Hochzeitsgäste trafen bereits ein. David und Adam waren geschniegelt und gebügelt und wurden vom Hausmädchen bewacht, damit sie sich nicht schmutzig machten. Alicia klopfte an die Schlafzimmertür, wo ich mich gerade anzog.«

»Du warst nicht angezogen, als du mit ihr sprachst?«

Jeremy lachte. »Doch.«

»Ich wollte nur sichergehen«, sagte Sandra leichthin und küßte ihn liebevoll. »Ich muß ein wachsames Auge haben auf einen Ehemann, der eine Schwäche dafür hat, irgendwo einzudringen . . .«

»Ja, das gefällt mir besonders, das . . .«

»Eindringen«, beendete sie an seiner Stelle. »Du bist schamlos«, schimpfte sie. »Erzähl weiter.«

»Alicia setzte sich aufs Bett und brach sofort in Tränen aus. Sie beichtete mir, was sie für eine Todsünde begangen hätte, und gab mir das Gefühl, der großherzigste Mensch der Welt zu sein.«

»Du kannst dir vorstellen, was ich empfand, als sie mir die Sache mit Mac gestand und meinte, daß eine Frau wie ich nie so etwas tun würde«, sagte Sandra. »Und ausgerechnet ich hatte hier mit ihrem Verlobten geschlafen. Wie konnte das alles nur so verwickelt werden?«

»Wir beide haben uns ineinander verliebt. Damit konnte niemand rechnen, nicht einmal wir.« Jeremy massierte ihren Nacken. »Dann fing Alicia an, mir zu erzählen, was für ein wunderbarer Vater ich ihren Söhnen sein würde und wieviel Jim von mir gehalten hatte und welch hohe Meinung ihre Eltern von mir hatten. Ich nahm ihre Hände, sah ihr direkt in die Augen und fragte sie, ob sie mich liebte.«

»Worauf sie was antwortete?«

»Worauf sie ›ja‹ antwortete.«

Sandra richtete sich auf und blickte Jeremy an. Ihre Augen funkelten, und sie wollte etwas sagen, doch er ließ sie nicht zu Wort kommen. »Sie hat gesagt, daß sie mich liebt, aber nicht ›auf diese Art‹. Und als ich sie fragte, was das heißen soll, antwortete sie: ›Nicht auf die Art, die man von einer Ehefrau erwarten kann. Nicht so, daß ich mit dir das Bett teilen könnte. Nicht so, daß es mich davon abhält, Macs Anrufe beantworten zu wollen.‹ Zu ihrer großen Erleichterung habe ich sie dann mit mehr Begeisterung als je zuvor umarmt und geküßt.«

Sandra legte ihren Kopf auf seine Brust. »Was hast du den Jungen erzählt? Waren sie nicht entsetzlich enttäuscht?«

»O ja, sie haben bitterlich geweint.«

»O Jeremy, nein!«

»O doch. Sie waren enttäuscht, daß sie nun nicht am Strand wohnen sollten. Als ich ihnen versprach, daß sie das Haus jederzeit benutzen dürften, wenn ich dort nicht arbeitete, daß ich weiterhin mit ihnen Eis essen gehen würde, und nachdem sie ein Stück von der Hochzeitstorte bekommen hatten, waren sie besänftigt.«

»Sie brauchen trotzdem einen Vater.«

Jeremy tat so, als wollte er aufstehen. »Na gut, wenn du meinst, kann ich ja wieder auf Knien zu Alicia zurückkehren . . .«

Sandra drückte ihn auf das Bett zurück. »Sie brauchen einen Vater, aber nicht dich.«

»Du willst mich also hierbehalten?«

Sie betrachtete ihn prüfend: »Das werde ich mir sorgfältig überlegen« – und fragte dann hastig: »Jeremy, hast du . . . hast du Alicia von mir erzählt?«

»Mhmmm.«

»Was hast du ihr erzählt?«

»Die Wahrheit«, antwortete er feierlich. »Daß du das schärfste Weib bist, das ich je aufs Kreuz gelegt habe.«

»Was!?« schrie Sandra entsetzt, stieß ihn von sich und setzte sich auf.

Jeremy hielt sich den Bauch vor Lachen. »Dein Gesicht gerade hättest du sehen sollen«, sagte er, als er sich wieder beruhigt hatte.

»Wie kannst du nur so etwas sagen«, meinte sie kopfschüttelnd.

»Aber nicht doch, Mrs. Fairchild.« Er zog sie wieder an sich. »Dieses zimperliche Getue kannst du deinen Gästen verkaufen, aber nicht mir. Ich wußte sofort, was für eine Frau in diesem abscheulichen Morgenmantel steckt, in dem du mir damals die Tür geöffnet hast. Morgen früh werde ich persönlich dafür sorgen, daß das Ding verbrannt wird.« Jeremy küßte sie geräuschvoll und ließ seine Hände über ihren Po gleiten.

»Um deine Frage zu beantworten«, fuhr er fort, »ich habe Alicia gestanden, daß wir sehr gute Freunde geworden sind und daß ich nach Fairchild House zurückkehren wollte, um herauszufinden, ob uns nur meine Verlobung davon abgehalten hat, uns näherzukommen.«

»Und hat sie das?«

»Sicherlich. Ich beabsichtige jetzt jedenfalls, dir *sehr* nahe zu kommen.«

Sandra lächelte an seiner Brust. »Und Alicia schien sich nicht daran zu stören?«

Er grinste. »Sie scheint mehr Gespür zu haben, als wir ihr zutrauen. Sie hat den Kopf auf die Seite gelegt, mich eingehend betrachtet und dann gesagt: ›In diesem alten Haus gibt's eine Menge Schlafzimmer, und ich finde, man könnte sie sinnvoller verwenden.‹ Ich habe das als Ermunterung aufgefaßt. Jedenfalls, als ich meine Krawatte abgenommen und gefragt habe, wer mich zum Flughafen bringen könnte, hat Alicia gelacht.«

Sandra seufzte glücklich. »Ich bin so froh«, flüsterte sie. »Ich wäre nie wirklich glücklich geworden, wenn nicht Alicia diejenige gewesen wäre, die Schluß machte.«

»Ich auch nicht.«

»Was werden wir jetzt tun?«

»Wenn du die nahe Zukunft meinst, ist das eine dumme Frage.« Jeremys Hand legte sich warm auf ihre Brust.

»Hmm, ja«, seufzte Sandra. »Aber ich meinte eigentlich dein Haus, deine Arbeit und Fairchild House. Ich möchte die Pension nicht aufgeben, Jeremy.«

»Das brauchst du auch nicht. Aber es wird ein paar Änderungen geben. Ich bringe ein paar Scheinchen in diese Ehe ein, und ein paar davon werden wir für eine Angestellte verwenden. Jemand, der dir beim Saubermachen, beim Servieren, beim Kochen hilft . . .«

»Aber das Kochen macht mir Spaß.«

»Du brauchst es ja nicht ganz aufzugeben. Nur manchmal, wenn du vielleicht einmal nachmittags Lust auf wilde Liebe hast.« Jeremy küßte sie auf die

Nasenspitze. »Ich könnte hier arbeiten. Aber ab und zu solltest du dir frei nehmen. Ich möchte mit dir reisen, mit dir ausgehen, dich herumzeigen.«

»Bist du so stolz auf mich?«

Er fühlte ihre Spannung, spürte, welche Überwindung es sie gekostet hatte, diese Frage zu stellen, und wußte, das sie noch vor ein paar Wochen diesen Mut nicht aufgebracht hätte. In seinem Blick fand Sandra das Selbstvertrauen, das sie so bitter nötig hatte.

»Ja, so stolz bin ich auf dich. Du bist die wunderbarste Frau, die mir je begegnet ist, Sandra.«

»Ich glaube dir«, sagte sie ernst. »Weil ich von dir geliebt werde.«

Eine Weile schwiegen sie, genossen die Nähe des anderen, die Beruhigung, daß sie endlich zusammen waren. Schließlich fragte Jeremy: »Was hältst du eigentlich von meinem Haus am Strand?«

»Es ist wundervoll«, antwortete Sandra mit strahlenden Augen.

»Also wärst du einverstanden, wenn wir hin und wieder dort wohnen und in dieser Zeit Fairchild House jemand anderem überlassen würden?«

Nachdenklich runzelte sie die Stirn. »Ich würde Fairchild House zwar nicht jedem anvertrauen, aber ich glaube, es ließe sich einrichten. Es bedeutet mir sehr viel, Jeremy, mit Fairchild House Erfolg zu haben.«

»Das hast du doch schon«, flüsterte er eindringlich. »Und es schadet bestimmt nicht seinem Ruf, einen bekannten Schriftsteller zu beherbergen.«

Plötzlich grinste er breit. »Wirst du mir ein Baby schenken?«

»Ich werde uns beiden ein Baby schenken«, verbesserte Sandra ihn lächelnd.

Er küßte sie und zeigte auf den Schreibtisch. »Was ist in dieser Schachtel?«

»In welcher Schachtel?«

»In der auf deinem Schreibtisch. Die du vorhin so verträumt berührt hast.«

Langsam befreite Sandra sich aus seiner Umarmung und durchquerte nackt den Raum. Sie nahm die Schachtel, brachte sie zum Bett und streckte sie Jeremy wortlos entgegen. Er öffnete den Deckel und wußte sofort, was er vor sich hatte. Verblüfft hob er den Blick.

»Warum? Du hättest doch alle meine Bücher kaufen können.«

Liebevoll strich sie ihm eine Haarsträhne aus der Stirn. »Jeder kann deine Bücher kaufen. Das hier war das einzige, was mir von dir blieb. Niemand sonst hatte es je gelesen. Es gehörte ganz allein mir.«

»Aber Sandra, das ist doch Abfall, Schund. Es ist nichts wert.«

Sie schüttelte den Kopf. »Es spielt keine Rolle, was darin steht. Für mich ist es die schönste Liebesgeschichte, die je geschrieben wurde. Es ist Poesie.«

Impulsiv zog er sie wieder an sich. »Ich brauche dich so, Sandra. Ich brauche deine schweigende Ermunterung, deinen Scharfblick für das, was ich schreibe. Ich brauche dein Verständnis, wenn die Arbeit schlecht geht, und deine Anerkennung, wenn ich Erfolg habe. Du wirst mir doch zur Seite stehen, wenn ich meinen großen Roman schreibe?«

»Es wird mir eine Ehre sein.«

»Du wirst es mit all meinen düsteren Launen aufnehmen?«

»Ich werde dich mit meiner Liebe davon ablenken. Willst du bald mit dem Buch anfangen?«

»Erst muß ich noch zwei Dinge erledigen.«

»Und zwar?«

»Meine Flitterwochen in Fairchild House verbringen.«

»Und zweitens?«

»Die letzten paar Seiten der ›*Schlafenden Herrin*‹ umschreiben. Die Geschichte wird glücklich enden.«

ENDE

# SANDRA BROWN

**Von Sandra Brown sind bei Bastei-Lübbe unter anderen folgende Bände erschienen:**

- 18122 Seinen Ex-Mann küßt man nicht
- 18125 Manche mögen's immer wieder
- 18128 Kleine süße „graue Maus"
- 18131 Eine heiß-kalte Liebe
- 18133 Bittersüße Zärtlichkeit
- 18135 Das Abenteuer, die eigene Frau zu verführen
- 18140 Der zweite Mann
- 18145 Die Überraschungsfrau

BASTEI LÜBBE

Sie erhalten diese Bände im Buchhandel, bei Ihrem Zeitschriftenhändler sowie im Bahnhofsbuchhandel.